GOBOOKS
& SITAK
GROUP©

朧月書版

朧月書版

VOLUME THREE

FUCK-PECT BUDDY

【完美啪檔】

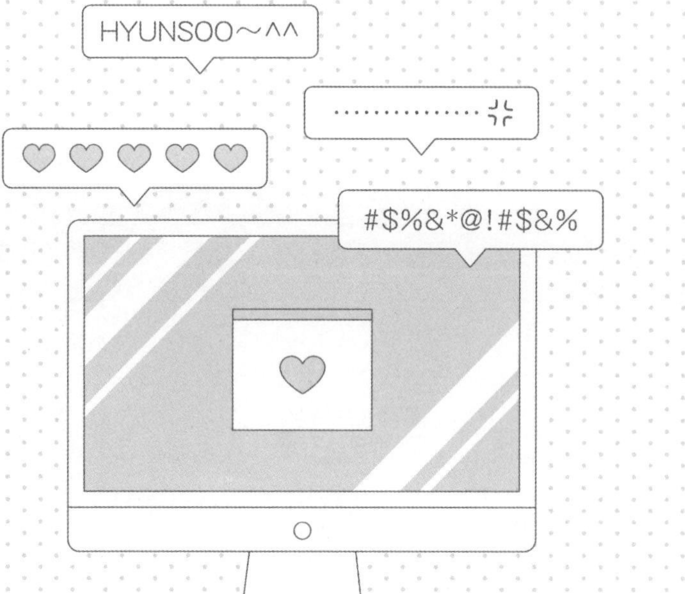

Presented by
Lash | A-Chan | Cheng-Ying Xie

The Contents of Fuck-Pect Buddy

Docs

Folder 1 Folder 2 Image

Messages

Baek Youngchan : Good Morning ♥

Baek Youngchan : Hyunsoo～^^

FUCK-PECT BUDDY CONTENTS

完美啪檔 | 第 3 集 | 目錄

ENTER

Baek Youngchan × Seo Hyunsoo

Baek Youngchan×Seo Hyunsoo

REMINDER：#F9AAAE

Contents

07：Foul ② P.009

08：Hello, Mr. Marvelous P.047

09：#FF0033 P.119

10：我的兩個主管在談戀愛 P.155

11：Hello, Mr. Perfect P.185

LOGIN：Seo Hyunsoo

PASSWORD：*********

Copying

CANCEL

Fuck-Pect Buddy Volume Three

FUCK-PECT BUDDY

07

【Foul ②】

BAEK YOUNGCHAN X SEO HYUNSOO

我一句話都說不出來，白榮燦又癟起嘴來。漂亮的眼睛也帶著哀怨垂了下來。那傢伙再次「嗚哇」哭了起來，像個小孩子一樣。

「唔嗚、嗚嗯、嗚嗚嗚、嗚哇。」

我因為那傢伙的哭聲，突然回過神。雖然本來可以斥責他「神經病，幹嘛跑到別人家來哭」，但他放聲大哭的模樣實在有點可憐，我就沒有這樣做了。

「先進來吧，鞋子脫掉。」

「唔、嗚嗚……」

那傢伙好像聽不到我的話似的，繼續放聲大哭。總是梳得乾淨俐落的油頭，被雨淋得凌亂不堪，甚至哭到聲音都沙啞了。

真的是要瘋了。

我靠近他，雙手捧住他的臉頰。就算他哭得眼淚稀哩嘩啦地流下來，眼睛還是看向了我。

「喂，不要哭。噓。」

在我仔細擦拭他不知道是因為雨水還是淚水而一塌糊塗的臉後，他才開始慢慢地停止哭泣。壯碩的肩膀不停地顫抖。

「唔、嗚嗚、唔、不要、唔、去美國、唔嗚、嗚嗚。」

「你說什麼，我一個字都聽不懂。」

至少先不要哭再說啊……或許是因為聽到我說了「聽不懂」，那傢伙又再次哀怨地癟起嘴，我立刻輕撫他的臉頰。

「啊，好啦、好啦。你先去浴室洗一洗。快點。」

那傢伙已經全身溼透，不能讓他就這樣站著。當然除了會生病以外，也因為我家地板會全被他弄溼。我推了推他的背，那傢伙就邊啜泣邊走進浴室。

浴室門「碰」關上後，我全身脫力地癱坐在床上。就算我大力地搓了搓臉，也還是感覺很不真實。

「這到底是怎麼回事……」

我的冤家白榮燦淋著雨來我家，說他喜歡我，甚至還大哭了一場。而這些都是剛剛才發生的事情。浴室裡蓮蓬頭的水聲，讓我知道這不是在作夢。

「喂！用熱水洗！」

我突然想到對著浴室大喊。雖然不會有人被雨淋到全身溼後還用冷水洗澡，但如果是白榮燦，他也不是沒有這麼做的可能。

我被他嚇得既驚訝又焦躁，在房間裡來回踱步時，突然瞄到白榮燦的包包。那是放得下筆電的方形布包，簡單俐落又很粗獷，非常適合白榮燦。本來想把它移到房間角落，但包包的拉鍊稍微鬆開了。敞開的拉鍊底下微微露出一個像是塑膠把手的東西。

難道？

我繼續再繼續拉開拉鍊，包包裡面露出一把放得好好的雨傘。我不禁露出苦笑。

我讓洗完澡的白榮燦穿上我的T恤和褲子，用毛毯裹住他，還給了他一杯熱茶。白榮燦蜷縮起他的巨大塊頭扭扭捏地坐在床下，觀察我的臉色。看來是覺得很不好意思。看他變紅的鼻頭、發腫的眼睛，完全就像是一個被泡腫的虎多力。

「你沒回家，一直在我家附近等我嗎？」

白榮燦沒有回答，而是輕輕地點了點頭。

「為什麼不用雨傘？」

看他兩隻手握住馬克杯、悄悄躲開我的視線的樣子，看來應該不是忘記包包裡面有放雨傘。

「是想要讓自己看起來很可憐嗎？」

不知道是不是因為被我說中，那傢伙假裝喝茶，用馬克杯擋住他的臉。但就算這樣，也擋不住他變紅的耳朵。不會看人臉色的人可能不會察覺，但絕對騙不過我的眼睛。我輕輕地嘆了一口氣。

「……茶如果喝完就把杯子給我。」

我整理床單時，感覺到白榮燦眼睛在偷看我。他說出「我喜歡你」的聲音又再次在腦海裡盤旋。好難為情，我的臉也就這樣變紅了。

「為什麼一直看……」

我轉頭看向旁邊，白榮燦已經站起來了。他的瀏海垂放下來，身上穿的不是西裝而是我的T恤，還散發出沐浴乳的味道，這樣的他看起來比平常還要溫順。就算如此，還是有種微妙的壓迫感。是因為他天生大塊頭的關係嗎？這次是我忍不住先躲開他的視線。

「不要去，美國。」

「什麼？」

白榮燦一把抓住我的手。還沒來得及甩開，那傢伙已經拉過我的上半身緊緊抱住。白榮燦身上散發出跟我一樣的沐浴乳香味。柔軟的耳朵掃過我的臉頰。好溫熱。但這種心動的感覺也才一下子，不知道他是抱得多大力，感覺骨頭好像要碎裂了。

「好痛，臭小子！」

我就算掙扎也沒有用。他到底是聽到什麼才會這樣？這時我才突然想起來，難道剛剛在樓梯間跟媽媽講電話的內容被他聽到了嗎？唉，真的是。我苦笑了出來。我將手放在他寬大的肩膀上，輕輕拍打安撫他。如果不這樣做，他可能又會像個小孩子一樣地哭。

「好，我不去，我不會去。」

「真的不會去嗎？」

「是啊，我說我不會去，傻瓜。我去美國是要怎麼過活。我在這裡有薪水可以領、吃好穿好的。」

說他傻瓜會太過分嗎……我現在才在後悔，但那傢伙的手鬆開了。抓住我肩膀的手也沒有那麼粗魯了。我的眼睛一抬起來，白榮燦的臉就出現在我面前。

「我說喜歡你是認真的。」

白榮燦直直地注視著我的雙眼說道。怎麼這麼單刀直入？感覺好像吃了一記上鉤拳。但是一點都不痛，只覺得很熱。身體某一處在大肆發燙，但我也不知道確切是哪個部位。

「賢秀，你願意跟我正式交往嗎？」

我嘴巴一開一合，一時無法回答。如果說是……正式……

「我沒辦法再這樣忍受對你的欲望，跟我在一起吧，徐賢秀。」

眼前的白榮燦好陌生。我腦中的某一個節拍就像是故障了一樣，不斷重複著他說的話。難道「心臟要從嘴裡跳出來」就是指這種時候嗎？

我好不容易才把目光從他的臉上移開，乾咳了幾下。大哭的人是白榮燦，但不知道為什麼是我的聲音變得沙啞。我搔搔脖子，感覺到一股不像是我該有的熱度。

雨不知道是什麼時候停的，窗外夜景清晰地閃耀著。我看到黑色的窗戶上映照出我跟站在我身後的白榮燦，我開始深呼吸，原本的心情如同被水灌飽的水袋，在反覆一吸一吐之後，我感覺到它慢慢平靜下來。我的視線停留在窗戶的方向，然後開口說話。

「如果你跟我交往，那我們就是辦公室戀情，這點你應該知道吧？」

「我知道。」

他立刻回答。看來那傢伙已經考慮過分手後可能會面臨的情況。至少他不是輕率地跟我告白，我的心也平靜下來了。

「我的個性就是這樣，如果你不配合我，那我就會每次都對你生氣、找你麻煩。」

白榮燦向我靠近。從背後被抱住的感覺，讓我呼吸不過來。

「我會配合你的。就算你找我麻煩，我也會配合你。」

耳邊傳來的低沉嗓音讓我快窒息了。我很難理解他的想法，我算什麼？我憑什麼讓你什麼事都配合我。我不是有資格被這樣對待的人……

我轉過身，鬆開那傢伙的手。白榮燦的眼神很真誠。為什麼他要這樣子看我呢？就好像要是沒有我，這世界就會毀滅一樣。

老實說，我很想要立刻抓住他的下巴，親吻他的嘴脣後大喊「OK」。我也知道像白榮燦這種人，對我來說簡直是高攀。他是業界最厲害的企畫，以客觀角度來講又長得好看，還有跟他外表一樣爽朗的性格，再加上個子又比我高、身材又像好萊塢演員一樣超級好，但是……「我再想一下。」

最終還是給了一個理性的回答。我對自己說出口的話感到刺痛。我避開白榮燦的視線，低垂眼睛望著下方。要是我們的關係比現在再更進一步，那他就會看到我全部的缺陷。

我很害怕如果白榮燦知道了，可能就會認為我不過是笨蛋。我擔心那傢伙看到我低能又愚蠢的樣子後會逃跑。

他應該會說：「啊，我挑錯對象了，徐賢秀只是虛有其表，我被騙了，好失望。」然後要我歸還他這段時間對我付出的真心。

「這種事不是可以急著決定的。再……想清楚一點吧。你也是，我也是。」說不定，過了今天你就會改變心意了。而且今天還下雨……雖然我因為自尊心而無法說出口這些話。白榮燦靜靜低垂的手拳頭緊握。看著他凸起的青筋，我內心有點急躁。我很想抓住那傢伙的手，想把他往我這邊拉過來。

「好，那好吧。」

沒想到他一下子就回答我了。雖然很慶幸他沒有露出死纏爛打的神情……但心裡很沉重。

白榮燦原本握緊拳頭的手伸向我。那傢伙的身體向我靠近了一點。下一秒，我就感覺到額頭被嘴唇碰觸到的觸感，非常陌生。

「你慢慢考慮，我會等你的。」

白榮燦貼著我的額頭小聲地說。溫熱的氣息讓我的心癢癢的。

雖然要他吃完泡麵再走，但他堅持推辭，拒絕了我。他拿起溼透的西裝站起來的樣子看起來十分堅決，而我也沒辦法再留他。「我會把你借我的衣服洗乾淨，明天就還給你。」這句話讓人莫名地心痛。我轉頭看向關上的玄關，借給那傢伙的領帶被孤零零地放在地板上。

送走他後，我躺在床上，雖然覺得很疲勞但一點睡意都沒有。胸口不受控制地亂跳。我不斷想起白榮燦溼透的頭髮和看著我的真摯眼神。剛剛發生的事就像作夢一樣，但是這並不是夢。

『我喜歡你，賢秀。』

那傢伙當時的表情、感受到的體溫、聲音，就像是不斷反覆的片段，一直浮現在眼前。我腦海裡好像有著數不清的白榮燦。

不知道是不是因為下雨的關係，我的身體很熱，我把被子捲在一塊緊緊抱著。

「本來不是要請他吃泡麵，是要請他吃飯的……」

如果是吃飯的話，他就會留下來嗎？我現在才在後悔。徐賢秀你這個蠢蛋……我不斷用額頭撞著床墊。

最後，一直到鬧鐘響起為止我都沒辦法入睡。我關掉鬧鐘後就打給媽媽詢問她的狀況，確定她昨晚是否安好，然後跟平常一樣準備出門上班。

因為擔心自己疲勞駕駛，改搭地鐵去上班。雖然並不想睡，但是精神恍惚，差點就要錯過轉乘站。

搭乘公司大樓電梯上樓時，我一邊責罵著自己遲鈍的腦袋。早知道就該乖乖睡覺的。因為個人問題而影響工作，並不是專業人士該有的行為。但是一到辦公室門口，原本恍惚的感覺消失不見，一陣緊張感突然襲來。

白榮燦來上班了嗎？我大口深呼吸後打開辦公室的門，看到了白榮燦……

「早安。」

那傢伙跟平常不一樣，不是在做運動，也沒有輕浮地對我喊著「嗨，徐組長！」他的視線集中在螢幕上，只用了沒感情的聲音打了聲招呼。我的座位上放了幾件折得整整齊齊的衣服。是我昨天借給白榮燦的T恤和褲子。

「……早安。」

不知道為什麼覺得難為情，我小聲地打完招呼後，就回到自己的座位。如果說不在意是騙人的。但是，截稿期又要到了，而我再怎麼說也是《City Casual 休閒之都》的設計組組長。我打開電腦，再次深深地吸了一口氣。

不知道是幸還是不幸，過了早上後的白榮燦又跟平常一樣。跟平常一樣開愚蠢的玩笑、跟平常一樣被部長罵、跟平常一樣用通訊軟體傳給我需要的文件。

白榮燦：這個在星期五前給我~^^ 徐組長今天也要加油！

我緊盯著白榮燦傳檔案給我時一起傳過來的訊息。不管怎麼看，這個訊息的確還是平常的白榮燦。但是，感覺好像……

「組長，你要吃午餐嗎？」

李宥晴講話讓我嚇了一跳，我立刻挺起上身。我這時才察覺到自己已經把臉往前伸到像是要貼在螢幕上了。

「當然要去吃啊，走吧。」

我關上螢幕後拿起手機站了起來。雖然原本打算要在午餐時間趴下來睡覺，但我也不想表現出睡眠不足的樣子。

午餐時間我跟平常一樣聽著朴部長感嘆，白榮燦則坐在跟我相隔一格的位子，然後跟平常一樣欺負朴俊範。

那傢伙「嘻嘻」笑著的樣子，看上去跟平常沒什麼不同，但感覺好像又有哪裡不一樣。感覺像是我認識的白榮燦褪了色。

這讓我很難過。要是戀愛能像用 Photoshop 調整彩度，或像是依照不同顏色去製作草案一樣簡單，那有多方便啊。

我攪拌著眼前的湯，默默地嘆了一口氣。那種無力感，就好像是一個小孩要完成某個初學科目的作業一樣。

就在截稿期前一週，也就是可以準時下班的最後機會，這時大家的注意力反而會提升。截稿期時，看到溢出的工作量就會放棄下班的念頭。但是，如果在還覺得「現在好像還可以」的時候就不同了。不管怎樣就是會想要快點完成工作，好好享受現有的自由時間。現在要是不享受，之後會有好一段時間沒辦法準時下班。

休閒之都辦公室一片寂靜。沒有客戶打電話來、沒有會議，不知道為什麼在這種想睡覺的時候，就只充斥著點擊滑鼠跟敲打鍵盤的聲音。

我手指按著鍵盤快速鍵，發出固定的聲音。我現在也幾乎都不看鍵盤了，手指自然地在上頭飛舞。為了發揮最高效率，握住滑鼠的手也完全都不休息。

螢幕上展開的是排版畫面。為了組合文字和照片，需要留白和調整位置。乍看之下，設計元素彷彿瞬間飛速滑過，但我已經在那一剎那掌握好設計概念和版面易讀性了。

等截稿結束，把檔案送到印刷廠，接著幾天後，全國書店架上就會展示出我的設計。上面還掛著國內最有聲望的男性時尚雜誌的名字。就因為這種成就感，讓我無論如何都不能放棄這個工作。雖然有時候也會覺得疲倦、不順心，截稿時期又像是要死掉了，但這些都不能跟那份喜悅相比擬。

「許主任。」

「是。」

「跑車的草案完成了嗎？」

「還沒……」

「傳給我。」

「什麼？」

我按下儲存鍵後，喝了一大口裝在保溫瓶裡的咖啡。

「我要做一遍中間檢查。」

「組長，你不忙嗎？」

從許主任小心翼翼講話的聲音，我就知道她在注意我的臉色。她本人果然知道自己平常的實力不夠。但是準確來說，是她的後輩李宥晴太厲害了，並不是許主任的問題。能夠進到休閒之都並待在我的組裡面，就足以證明實力了。

「我只是要確認一下第一版草案有沒有我沒檢查到的部分。現在就傳給我吧。」

「啊，好的，我現在傳。」

檢查個兩、三次是我的習慣，雖然表面上是騙她說「確認沒檢查到的部分」，但許主任並不知道真相。不管怎麼說，這都比讓她士氣低落來得好。如果讓她士氣低落，那工作效率也會變差。

而且，我現在也需要工作做。如果不想讓自己腦袋空蕩蕩，那就得隨便塞些東西進來。不知道是不是因為沒睡覺，就算只是休息一下，也會讓自己陷入呆滯。我非常厭惡這種愚蠢的感覺。

我一口氣喝掉剩下的咖啡後，準備要把許主任傳給我的草案印出來，但是影印紙用完了。我拆開茶水間門口旁的一個紙箱。

當我拿起一包影印紙正要走出去時，我聽到茶水間內說話的聲音。

「白組長本來就喜歡這個啊，妳不覺得很可愛嗎？」

「我的天啊，這個貓是怎樣，體型那麼巨大。」

女生同事們的說話聲中夾雜著憋笑的聲音。我從鐵架縫隙往裡面偷看。校對組的同事臉貼在一起，似乎在看什麼東西。

「因為是白組長才可愛吧。」

「沒錯，因為長得好看所以可愛。」

為什麼她們要在背後大肆討論別人呢？這讓我心情變得很差，故意大聲乾咳了幾聲。我感覺到裡面的人嚇了一大跳。有兩個同事經過我然後跑出茶水間。

我收拾好影印紙，正準備跟著走出去的時候，突然發現裡面有什麼東西在飄。這就是所謂好奇心殺死一隻貓嗎？我悄悄地走近，撿起掉落在地上的紙張。

是什麼東西有這麼好笑？

那些同事們看的是上一季的校對稿，背面寫了像是筆記的東西。看來是回收的廢紙。上面寫著跟合作廠商、客戶的通話內容，從那個字體來看，是白榮燦寫的。

我仔細看了筆記內容，一下子就找到為什麼那些同事會說到貓的部分。在一堆字中間有隻畫得很不錯的貓。是隻全身黑毛、眼睛呈現杏仁狀，看似機靈的貓。

圖案下面還寫了「Aww～」。如果翻譯過來……大概就是「喵」吧。

臉突然熱了起來，我立刻摀住嘴巴。這感覺好像偷窺到我所不知道的白榮燦的祕密，讓我很不好意思。原本因為工作已經忘掉的告白，又再次像鐘聲一樣，開始在我腦海裡鏜鏜作響。本來想著要不要丟到碎紙機，但想了一想，就用手把它捏皺後帶走。

從茶水間出來回到自己的位子時，跟白榮燦對到了一下眼。那傢伙不像平常一樣對我油膩地眨眼，而是悄悄躲開我的視線。看到他俐落的側臉線條，連我都覺得害羞了。我把新的白紙放進印表機後，回頭偷看他。

這麼一看，白榮燦本來就長得這麼好看嗎？

放在口袋裡的回收紙鼓鼓的，讓我很不自在。

我一整天都在工作沒有休息。因為討厭自己發呆的樣子，所以幾乎像是用塞的，把工作拚命往腦子裡放。也多虧如此，好幾天沒上班所造成的損失似乎可以如期補齊進度了。

下班後在車上安排行程時，收到了一通陌生的來電。我嘴裡咬著筆，眼睛盯著手機螢幕。因為之前朴原浩的事情，讓我猶豫沒有馬上接起電話。但是，聽筒另一邊傳來的聲音是個無害且好聽的女生聲音。

——您好，請問是徐賢秀先生嗎？我是榮燦的妹妹，我叫白榮惠。

「啊，是。您好。」

我想起來白榮燦曾說過「我妹妹有認識的檢察官」，要請她去探問有關朴原浩的事。不知道為何又覺得羞愧起來。是因為我欠了這傢伙這麼多人情嗎？

——我小您很多歲，所以您講話可以不用太拘謹。我有些事要告訴您，覺得直接打給您比較快，所以才突然打了這通電話。請問您現在方便講話嗎？

「可以的。白榮惠小姐也不用太拘謹。」

她講話用詞慎密、語氣輕柔，光從聲音就可以聽得出來，在成長過程受到很好的家庭教育。

白榮惠要轉達的消息讓人震驚。她從私下認識的檢察官那邊聽到有關朴原浩的事情，那位檢察官覺得事情非常可疑，因此開始進行正式的調查。過沒多久，那位檢察官發現有大量離職員工和在職員工都曾提告過他性騷擾，甚至還找出那些提告被掩蓋掉的痕跡。

——應該是Elune決定擋下來的。幸好被害者願意再次提出證言，現在正在蒐集資料。我聽他講了之後，那個混蛋……不對，那個叫做朴原浩的代表，可不是個簡單的人物。

白榮燦說得沒錯。不只在Elune，其它雜誌出版社員工也說他以挖角的名義接近他們。事情好像變得很嚴重，讓我莫名地不安。只要一想到朴原浩曾經監視過我，就不禁擔心他也很有可能會進行報復。

——另外也先跟您說一下，提供情報的員工身分資料將會交由檢察官保護，所以請不用擔心。

果不其然，看來白榮惠小姐應該也很擔心。但是，主詞有點奇怪。提供情報的員工？

——您真的很了不起，不是您自己的事情，卻願意這樣挺身而出……

聽到她接著說的這句話我才終於明白。原來白榮燦在轉達時，把事情講得好像不是發生在我身上一樣。不知道為什麼，但感覺好像被默默地安撫到了，讓我變得很害羞。

「謝謝您，託白榮惠小姐的福，總算是鬆了一口氣。」

——不要這麼說。您是白榮燦，不對，是我哥最親的人，我當然要幫忙囉。要是再有這種事，請隨時跟我聯絡。我是法學院的學生。手機應該有顯示我的號碼吧？

難怪會有認識的檢察官。血緣真的沒辦法騙人，她非常親切又善解人意。聽到那爽朗的聲音，就可以想像到年輕時的白榮燦。我把手機換到另一邊，在行事曆的一角記下她的名字。白榮惠。

「我應該要報答妳才對。」

——哎呀，那之後請我吃一碗豬骨解酒湯吧。

聽到那爽朗的聲音，讓我的心情也變好了。

結束通話後，我發動車子，離開公司大樓。雖然想起朴原浩在巷子內慢慢向我靠近的回憶，但我還是試著努力忘掉……還有那時候狠狠毆打朴原浩，像是要把他往打死裡打的白榮燦的樣子。

知。

在我去媽媽住的醫院路上，收到了一則訊息。停紅燈的時候，我點開了訊息通

我是剛剛跟您通過電話、白榮燦的妹妹白榮惠唷*^^*以後有什麼需要幫忙，請儘管說。祝你有個愉快的夜晚~

白榮燦好像說過他媽媽住院時，他跟妹妹會一起幫忙聯絡她的朋友。不知道是不是因為這個關係，他們連傳送訊息的語氣都很像。他之前說說「我跟我妹一點都不像」這句話是騙人的。他們連個性都好像是同一個模子印出來的。當紅綠燈的燈號轉換時，我也不自覺地笑了。

＊＊＊

我到醫院的時候，媽媽看起來心情很好。還吃了兩個我買去的蘋果。看到她跟阿姨吵吵鬧鬧的樣子，感覺放心一點了。她也說治療幾乎都已經完成了。

「你阿姨叫我跟她一起住。」

阿姨離開座位去擦洗餐盤的時候，媽媽說道。

「你不是說姨丈很可怕。我幫妳找一間月租套房，妳就住那邊。」

「不用，她說你姨丈去出差了，說是被派遣到南部三四個月。你阿姨也說她一個人住會害怕。」

本來用手機確認信件的我抬起頭看著媽媽。如果她跟阿姨一起住，那她就不會是自己一個人，這樣子是還不錯……但是我也很害怕，她會無緣無故跟阿姨吵架，然後就說要回美國。

「阿姨還說要介紹工作給我。我在這三四個月認真存錢，到時候自己出去住，就不會造成你的負擔，是吧。」

這個……先不說錢，如果只是三四個月，媽媽應該都還會待在阿姨身邊吧？不過更重要的是，媽媽的表情跟之前比已經有點不同了。就算眼眶下還有著黑黑的眼圈，但是眼神很明亮，看她沒有像之前一樣避開我的視線，看來應該是認真的。

「那妳就先待在阿姨家，之後要搬家的時候一定要跟我討論。就算在姨丈回來之前就要搬出去，也不要自己做決定，要先跟我說。」

媽媽點了點頭。因為感覺自己看到她的笑容就會心軟，只好繼續低頭看著手機。我不自覺地點開通訊軟體然後又再關起來。

那天送走阿姨後，我就睡在監護人睡的床上。清晨被護理師走進病房的聲響吵醒，我又繼續等到確認媽媽醒來後才離開醫院。

＊＊＊

休閒之都偶而會有公司聚餐，但是大部分都是差不多一樣的人參加。因為不是強制參加的公司聚餐，也不需要看人臉色來決定是否拒絕參加。

就算直接說不參加，金部長也不會給我臉色看。但如果要說我非得參加的理由，那就是因為我今天回家也沒有事情做，而我還有個惡劣的想法，就是想以公司聚餐當藉口，再逃離醫院一天。老實說，從早上開始就一直很安靜的白榮燦也很讓我在意。

「今天要去哪？要去吃炸雞、喝啤酒嗎？」

「我們今天來喝個久違的燒酒吧。」

走在前面的同事非常興奮。今天參加公司聚餐的人特別多。我也不知不覺落後了那群吵鬧的人兩三步。白榮燦站在我旁邊。沒想到他也不知不覺地落後他們了。這很不像總是到處去湊熱鬧、嬉鬧的他。我有點尷尬，便調整一下提在手上的公事包。

白榮燦穿著深灰色風衣。其他人穿在身上看起來會很鬆垮且飄動的長版風衣，跟那傢伙的巨大塊頭卻是非常搭配。沒錯，不管怎麼說，白榮燦真的很會穿衣服。

「你妹妹打電話給我了。」

「喔，是嗎？」

他尷尬的語氣就好像演技很差的演員。白榮燦的耳尖紅了起來。

「……謝了。」

「沒什麼……」

尷尬的沉默。喉嚨就好像卡到了什麼東西一樣很不舒服。但我並不想丟下這傢伙，去加入前面吵鬧的那群人。直到走進酒吧前，我們都維持著相隔三步的距離，沉默不語地走著。

霓虹燈的光線交錯。街道乾燥到讓人懷疑究竟有多久沒有下雨了。我習慣性地揉了揉發麻的鼻頭。雖然想要偷看那傢伙的側臉，卻沒有那個勇氣。

那天白榮燦一句話都沒說，只是一直在喝酒。那傢伙會喝醉，絕對不是我的問題。我怎麼也沒想到，就在我聽許主任講話的時候，坐在我旁邊的那個傢伙會接連喝了好幾杯燒啤[1]。要是我有發現，就會阻止他了。

1 譯註：燒啤（소맥）是韓國燒酒加上啤酒的一種混酒。

「啊，白組長好像喝醉了。」

就在許主任驚訝聲中聽到「碰」的一聲，我回頭看了我旁邊的位子。白榮燦手肘靠在桌子上、手撐著額頭。

「白組長。」

當我的手一放到那傢伙的肩膀上，他的視線立刻轉向我。皺起的眉頭看起來非常凶惡。

瞪著我看的樣子也非常凶狠，讓我身體不自覺地蜷縮了起來。但另一方面，我也覺得白榮燦不可能會傷害我。那傢伙的眼神雖然凶惡，但是……

「要回家了嗎？你感覺很醉了。」

那個眼神看起來像是在生氣，也像是在難過。沒錯，白榮燦看起來好像哪裡不舒服。

「白組長起來，我送你回家。」

幸好我一滴酒都沒有喝。他家離這裡很近，所以我打算送他回家之後再回自己家。我先站了起來，拍拍他的背。白榮燦搖搖晃晃地站了起來。從動作就可以感覺得到他已經喝醉了。

「啊，要我幫忙嗎？」

「不用，沒關係。我本來也打算要起身離開了。那我就先送白組長回家了。」

朴俊範本來要跟上來，我立刻搖搖頭，因為我擔心這傢伙可能會趁著醉意亂講話。要抬著一百九十公分高的巨大塊頭走路不是那麼簡單的事，但我就當成是報應吧。

「手放上來……」

雖然可以感覺到大家的目光，但我盡可能地不去在意。我攙扶著他走出酒吧。幸好是在一樓，要不然我可能會跟白榮燦一起滾下樓梯。白榮燦把全身重量放在我身上，身體搖搖晃晃。他身上散發出一陣酒味。為了不要跌倒，我的腳使盡了力氣。

「徐組長，要去哪……」

「去你家。」

「我要回我家。」

「對啊，我說要去你家。」

看來他真的很醉。酒量比我還差的人，竟然還敢這樣子喝燒啤。因為不太記得停車的位置，在巷子裡繞了一下路，沒想到那傢伙手腳卻一直亂動。

「徐組長，你是要把我載去哪裡侵犯吧！想說我喝醉，所以要侵犯我吧！」

「啊，拜託你，不要再亂動了！」

看來他真的很擔心會在車裡被我撲倒。本來還在想，要不要把他打暈再拖著走，最後還是放棄了。首先，我沒有像電影裡一樣，有可以打人後頸，把人弄暈的技術。再來，白榮燦要是暈倒會比現在重三倍。第三點，不管怎麼說……這小子會喝醉，我想也許都是因為我的關係吧。

「我要去廁所……」

白榮燦的額頭在我肩膀上磨蹭，然後一邊鬧脾氣。廁所？我迅速地環顧四周。幸好看到一間連鎖咖啡廳。我扶著他去廁所，邊跟店員說出來後會點飲料，一直不斷地道歉說對不起。

「等等喔，再忍一下……」

我非常緊張，不知道那傢伙會不會吐在我衣服上。我打開廁所門，幸好裡頭空無一人。

「進去廁所後先把大衣脫掉，我來幫你……啊啊！」

本來一直壓在右邊肩膀上的重量，突然一下子減輕，害我差點就要跌倒了。在我還沒搞清楚是什麼情況前，白榮燦已經抓住我。為什麼我們的狀態會反過來呢？我轉過頭去。

接著進入我眼簾的是白榮燦明亮、一點醉意都沒有、非常清澈的雙眼。

「啊，你……」

接著聽到「碰」一聲，下一秒我就在廁所隔間裡了。

「可以親你嗎？」

他說什麼？他在我耳邊輕聲地問，我還來不及回答，下巴就已經被抓住了。白榮燦的嘴唇已經強壓到我的嘴唇上了。既然都已經要這樣做，為什麼還要問我。不對，這不是重點……

我也不自覺地吸吮、纏繞著白榮燦的舌頭。白榮燦在我嘴裡翻動的技術，絕對不是喝醉的人做得到的。他恣意地搗弄我薄又敏感的黏膜。

雖然乍看像是粗魯地入侵，但他的動作仔細到就像是要翻遍我嘴裡每一個敏感帶一樣，而且也沒有任何遲疑。直到剛才，那傢伙身上還散發出酒味，但現在幾乎完全沒有了，就只有 Mister Marvelous 的香味濃厚撲鼻。

他侵入的動作非常急躁。虎口也非常使勁地抓住我的肩膀。這小子有這麼粗魯過嗎？我就像是被壓在粗暴的野獸下面一樣。

「呼哈……」

當我們的嘴唇分開的時候，我的襯衫鈕釦已經被解開了三四個。領帶也已經被扯得亂七八糟，就快要鬆開了。更重要的是……我的下體已經在這過程呈現半勃起的窘境。

白榮燦輕輕抓住我的下巴。這次舌頭沒有交纏，只是碰觸嘴唇，發出小聲的「啾、啾」聲。那傢伙又是捧住我的臉頰、又是輕撫我的頭髮、抓住我的後頸，在我身上四處游移撫摸。就好像不管摸到哪裡都不能滿足他。

像是用雕刻刀刻出來的眉骨、因為興奮而皺起的眉頭、兩邊樣子稍微不同的雙眼皮、挺直的鼻梁、光滑的人中和一點鬍渣都沒有的下巴。白榮燦的臉就在我面前。我現在已經分辨不出他究竟有沒有喝醉了。反正，這也不重要了。

這次換我抓住白榮燦的頭髮。咬著他的嘴唇像是要將它吞噬一樣。我把舌頭伸了進去，就像剛剛那傢伙做的一樣，恣意地在他嘴裡翻動。

白榮燦的手鑽進我的襯衫裡面，手的動作比平常還要粗魯。果不其然，襯衫鈕釦伴隨著撕裂的聲音，滾落了幾顆到廁所地板上。我突然想到，要是再這樣下去，說不定就會在這裡做起來。沒有潤滑也沒有保險套……更重要的是，我沒有把握可以忍住不發出聲音。

我好不容易才把嘴巴分開，推開那小子。白榮燦光只是嘴巴分開一下下都忍不住，又再次撲上來。這是怎樣，又不是禽獸。那傢伙嘴巴再次碰到我之前，我用手稍微擋住他。就算這樣，那傢伙的眼神還是一樣深邃，就像是想要立刻把我全身脫光一樣。

「回……回家再繼續？」

白榮燦聽完我的話愣了一下，然後就緊緊擁抱住我。他的力道緊到我快喘不過氣，還在我耳邊吐出熱氣。連我穿著襯衫都可以感覺到，他為了要壓抑住自己的衝動，在我背上來回游移的手有多麼粗魯。

不管怎樣，哄勸白榮燦回家躺著比較重要。我覺得做愛——現在只有告白，但還沒有在一起，我也不知道在這種曖昧的關係下可不可以做愛——還是要躺著做才行。

「出去買杯咖啡吧。在這裡這樣做會影響到別人。」

我把手伸到他的背後拍了幾下。在這種情況下，我還是感覺到了他厚實身體的結實。白榮燦對著我的頭頂用力親了一下後就放開了我。

走出廁所後就去買了兩杯咖啡，然後喘口氣。幸好我們兩個人都穿大衣，可以擋住脫落的鈕釦，還有脹大的下體。咖啡廳內響亮的音樂和刺眼的照明，讓我一下子回過了神。他似乎也酒醒了。從側面看他用手掌把他抹了髮蠟的頭髮往後撥起來的樣子，可以看得出來他的急躁。

白榮燦安靜地站在我後面。在咖啡做好之前，我感覺到他眼睛視線盯著我的後腦杓，這讓我感到非常有壓力。因為他一句話都不說。不說話的白榮燦讓人覺得很不自在、很詭異，就好像欠了他什麼東西一樣。

我的手摸著外帶取餐櫃台，感覺到白榮燦的額頭靠到我的背上。從他「咚」撞上來的動作，我感覺到他正在抱怨。

「……賢秀啊。」

「怎麼了？」

「我忍不住了。」

雖然是靠在我脖子上非常小聲地私語，雖然聲音被咖啡廳響亮的音樂掩蓋，但我還是聽得很清楚。我的臉一下子熱漲起來。他根本跟禽獸沒兩樣。

手裡拿著裝了兩杯咖啡的外帶提盒走出咖啡廳。白榮燦幫我開了門，但他一走出去身體重心立刻不穩。在他要摔倒之前，我連忙抓住他的手。搞什麼啊，看來真的是醉了。

我非常吃力地把那傢伙拖到停車的地方。喝醉的白榮燦沒辦法好好走路，身體一直向旁邊傾斜。我也只能讓他歪斜地坐上副駕駛座後再關上車門。我擦掉額頭上的汗水，然後坐上駕駛座。我立刻發動引擎，直奔那傢伙的家。

一到白榮燦家裡，我們二話不說立刻纏綿在一起。白榮燦就像是頭野獸一樣向我撲了過來。我的襯衫鈕釦全都掉了，嘴巴嚐到血的味道。而我也跟白榮燦一樣興奮，很想要立刻讓他粗暴地插進來。

褲子脫一半時，我的指甲不小心刮到白榮燦的骨盆。應該會很痛，但那傢伙的眼神一點都感覺不到痛的樣子。我一邊偷看他身上紅腫的指甲刮痕，手則一邊把他的內褲脫下來。白榮燦托住我的下巴親吻。就在我們兩個人的喘息聲中，我聽到了保險套拆開的聲音。

他的吻非常激烈，就像是好幾年沒有見到面的情侶，而同時也很像是要把我吃掉一樣地粗暴。我用指尖抓著白榮燦的背，擺動著腰貼向他。最後當巨大的肉棒插入身體內的時候，我差點就要咬掉他的舌頭。

我還以為自己早已經習慣了，但這都是我的自以為。白榮燦的腰擺動得比平常更粗暴。不知道是不是因為喝了酒的關係，他的力氣好像大了好幾倍。

「啊、唔嗯、慢、慢一點、啊、唔嗯。」

我被壓在他的身下，勉強發出喘不過氣來的呻吟聲。大腿、腰、腹部好像都麻掉了。不過才插沒幾下，我的性器已經一點一點地流出精液。

要是平常，白榮燦就會戲弄我說「你已經射了嗎」，但今天卻沒有。從他皺起的眉頭和緊咬住的雙唇，就可以知道那傢伙跟我一樣興奮。在這種時候我們還是親了好幾次可以感受到血腥味的吻。身體好像熱到快要發狂了。

「唔呃……嗯……」

塞滿我體內的肉棒不斷撞擊著深處。他的速度跟力氣都像是要把我體內撕裂一樣。床也配合著這個速度，發出碰碰的聲響。怎麼可以一開始就這樣猛撞。我甚至想跟那傢伙抗議。我吻著白榮燦的嘴發出呻吟，然後又再次射精。

本來喘息激烈交錯的嘴分開，白榮燦挺直他的腰。同時，本來在我裡面抽插的肉棒，一下子朝我的內壁向上頂了起來。他抓住我兩邊的膝蓋往後抬。

「啊呃！」

因為同時間感受到的疼痛讓我發現，白榮燦甚至還沒全部進到我的身體裡。白榮燦在我適應這個壓迫感之前又開始擺動。速度比剛剛更快了。「啪、啪、啪」肉體撞擊的聲音，非常清晰、非常色情。

「啊！啊！啊！唔、啊！唔嗯！啊！」

雖然我不知道是哪裡被頂，但我感覺整個肚子裡似乎都變成了敏感帶。全身起了雞皮疙瘩、頭皮發麻。眼前不斷反覆變成一片白又恢復清晰。呻吟聲從嘴裡恣意地爆發出來。我感到下體一陣潮溼，往下一看自己的性器正不斷流出微濁的水。

「唔唔、啊！啊啊……唔！啊！啊！」

我的腰什麼時候被抬成這樣了？因為腰被高高抬起，從性器流出來的水弄溼了我整個肚子，還一直流到我的胸口和鎖骨。我看見水亮的肚皮鼓起的樣子……這是錯覺吧。白榮燦戴著保險套的陽具就在我的大腿間，一下子出現一下不見。

似乎像是要穿透背脊，近乎疼痛的快感讓我全身酥麻。我的性器又開始流出大量的水。雖然因為覺得丟臉，想停下來，卻連抬起手的力氣都沒有。

「呃哈……唔嗯。啊啊、唔……」

現在鼻音伴隨著呻吟聲一起發出。我看到自己的下腹微微抽搐。這次是沒有射精就達到高潮。

經過不知道是連續三次還是四次的高潮，我已經全身沒力。本來被舉到半空的腰也垮了下來，而這時我才看見白榮燦的臉。向下看著我的眼睛裡冒著火光，讓人感到毛骨悚然。我這時候就可以更確定了。今天白榮燦就是個禽獸，無法用言語溝通的傢伙。

就我認為，白榮燦的動作就像是裝上了馬達一樣，非常粗魯。但偏偏就在這種時候，他觀察我每一個反應的眼珠、毫無表情僵硬的嘴、緊繃的腹肌真的是性感得要命。

「啊……！」

從他抽出的動作，就可以直接感受到他插得有多深。原本要達到新一波高潮前的我受到驚嚇，抬起本來向後仰的頭，朝上看著那個小子。

「從後面來。」

「什麼……？」

白榮燦要我轉身趴著。這個動作有點丟臉……我的屁股很不自然地抬起，當我一回頭，白榮燦立刻把他的肉棒插進我的洞裡。

「唔呃！」

我憋住氣，忍住壓迫感。幸好直到剛剛都在瘋狂抽插，突如其來的插入並不會帶來痛楚。但是感覺今天……好像……插得更深了。白榮燦直接開始抽動。感覺好奇妙。好像一直不斷頂著我體內的肉、頂著我身體裡最柔嫩的部位。

「好、好奇怪……的感覺……啊……」

總之，這個姿勢就是會插得很深……我的臉磨蹭著被單。白榮燦把上身交疊到我身上。

「我……呼……會再大力一點。」

白榮燦低沉的呼吸聲在我耳邊傳了開來。接著，他開始加快擺動腰部。跟剛剛無法比擬的快感、超越極限的感覺流竄在我全身。

「停、停、下、呃、呼哈、呃、唔嗯……」

「抱歉、抱歉。啊，好爽。再一下下……」

我的精液連續流了兩次在床單上。我耳邊傳來「碰、碰」的心跳聲。我心想，再這樣下去有可能會死掉。最後還是因為無法抵抗快感而流下了眼淚。

「唔、唔唔、唔、停、下、來、唔、唔嗯、啊。」

在這個情況下，身體卻還是無恥地感到十分舒服。就算知道我已經流出眼淚，白榮燦還是一直到射精了才把腰停下來。同時，他也從背後緊抱著我。

「唔、唔嗯、嗯……」

我感覺到白榮燦的陽具在我體內扭動，延長著快感。那傢伙就這樣在我體內顫動了許久，才慢慢地抽出來。一股熱氣觸碰到我的背脊。

「你應該沒辦法再做一次了吧？」

「媽的……我會、呼嗯、死掉、的。」

因為感覺到生命危機，我忍不住激動地大聲回答。但即使如此，聲音還是非常軟弱無力。白榮燦再次像是要把我壓碎般緊緊抱住後才放開。我這時突然了解到，那傢伙這麼用力的擁抱，原來是在克制自己。

我把原本趴著的身體翻身仰躺，白榮燦就幫我擦拭我溼掉的臉。這個被淚水、鼻水、汗水弄得狼狽的臉讓我覺得很丟臉。

「親我。」

那傢伙就看著我這麼狼狽的臉要求道。

不管怎麼想都覺得這樣是犯規。因為喝醉是很明顯、很方便、很好的藉口。

這樣子不行，不能總是被身體欲望控制，但我還是強壓住這個不好的想法，用手繞住他的脖子親吻他。

到了凌晨，我從睡夢中醒來。也許是昨天很早起，也有可能是因為還不習慣白榮燦的床。我看到一旁身體蜷縮成一團睡覺的白榮燦。

我小心翼翼地起床，穿上自己的衣服。我沒有穿上鈕釦全脫落的襯衫，而是直接穿起外套，最後再套上風衣。白榮燦依舊打著呼嚕熟睡著，巨大的身體蜷縮成一團睡覺。要在他飽滿的額頭上親一下嗎？我猶豫了一下，就只幫他把棉被稍微拉起來，然後就提起公事包。

一出他家，身體就因為冷颼颼的溫度而發抖。我看了一下手機，按下電梯按鈕。

走廊上透進來蔚藍的晨光非常冰冷。

雖然還可以繼續睡在白榮燦的懷裡，一直等到他睡醒，但是我沒有把握可以跟他一起迎接這個早晨。

我們不是炮友、不是同事、也不是情侶。我害怕這樣曖昧的關係，在一起迎接這個早晨過後，不知道會變成什麼樣尷尬的關係。

早上起床的時候，白榮燦會用什麼樣的眼光看我？會一邊說著昨晚是他不對、很抱歉，然後一邊尷尬地搔著頭嗎？如果是這樣，那我又該怎麼反應？

開出停車場後，我拉下了車窗。但就算呼吸著清晨的冷空氣，腦子卻一點也沒有冷卻下來。

FUCK-PECT BUDDY

08

【Hello, Mr. Marvelous】

BAEK YOUNGCHAN × SEO HYUNSOO

我跟平常一樣去上班，但是沒有看到白榮燦。我也不由得在意起來。昨天真的是喝醉了吧？會不會是身體哪裡不舒服？我摸了手機好一陣子，最後傳了訊息給他。

身體還好嗎？

這種程度的訊息應該還可以吧，同事間也會傳這種訊息，應該不算是給他機會吧。我現在腦海一片混亂，然後嘆了一口氣。昨天那傢伙低頭看我的炙熱眼神隱約浮現在眼前。耳朵突然發燙了起來。

真是受不了。

我咬著指甲，盯著手機螢幕。我等不及地一直打開程式又關上，不斷折磨著我的手機。但還是沒收到那傢伙的回覆。他該不會真的是有哪裡不舒服吧？

時間就在我的焦慮之下流逝。越接近上班時間，同事們也一個一個進來，還是沒看到白榮燦的身影。我走到樓梯間打電話，但那傢伙甚至連電話都不接。

應該是發生了什麼事，就在我決定要叫救護車去那傢伙家的時候，辦公室門被打開了，白榮燦走了進來。

「……早安。」

垂下的肩膀和眉毛很不像平常的他，而且頭髮沒有用髮蠟往後梳，而是順順地垂放下來。跟平常相比非常沒有氣力的白榮燦，就在快遲到前驚險踏入公司，然後坐到他的位子上。他今天沒有跟昨天一樣穿大衣，只是穿了件外套加上一條圍巾。

太奇怪了。白榮燦比平常還要晚到，而且還一副無精打采的樣子走進來，為什麼都沒有人關心那傢伙？難道只有我覺得他看起來很鬱悶嗎？

「咦，組長你換髮型了呢。看起來很年輕。」

甚至同組的朴俊範還在嘻皮笑臉。看到他笑的樣子，我就一股火冒上來。看就知道了吧，就是因為身體狀況不好，才會沒有打扮就出門啊。愚蠢的傢伙。

但不管怎樣，看到那傢伙來上班我就鬆了一口氣。白榮燦已經是成年人、是專業人士，如果身體很不舒服就會去醫院了吧。我一邊整理檔案，一邊費盡心力讓自己不要去看電腦螢幕的對面。在我整理檔案的時候，訊息視窗亮出橘色通知。

嗯，我沒事。

是白榮燦。沒有表情貼圖的回答非常不自然。我沒回覆，直接關掉了視窗。因為我也沒有資格對他嘮叨。

我跟白榮燦都像平常一樣工作。白榮燦跟客戶通電話的聲音比平常還要沙啞。在去裝水的路上看了一下，他眼睛也有點腫。甚至在開會時，還沒有聽清楚金部長講的話，胡言亂語了一通。

「還不快點打起精神？白組長，你今天一直在發呆啊。」

「對不起。」

要是平常，這小子就會死皮賴臉地回嘴，今天卻一點都沒有嬉鬧，只是鄭重地回答。金部長咂了一下嘴，繼續說明。

「西裝店的負責人換人了，但是不管怎麼看，那個人的時尚敏銳度很低。白組長你親自去確認單品。」

「好。」

在這之前，我們已經有跟清潭洞[2]的西裝店合作過。但是這一期雜誌有點不一樣。白榮燦的提案是與現代藝術結合，所以需要突顯出更高級、更獨特的頂級訂製形象。如果像之前一樣，使用光只有奢華感的西裝遠遠不夠。再加上那間西裝店的

2 譯註：清潭洞為韓國首爾知名的富人區，許多高級住宅、時尚精品店家等皆在此區，象徵著權力和財富的地方。

負責人又是新人，所以更需要我們精確的眼光。

「這次也帶徐組長一起去。」

「什麼？」

本來還在企畫案下方認真做筆記的我，立刻把頭抬起來看著金部長。

「反正徐組長也是要設計這篇專題。你就一起去確認一下單品，然後抓出粗略概念，並大致確認一下樣品拍攝。」

「但是拍攝不是另外由採訪組負責嗎？」

「就算這樣還是要請你去確認。必須要讓我們公司比較資深的人直接去看才行。」

金部長果斷地回答我的疑問。我也知道她是什麼意思，她不是不相信白榮燦，而是因為對方不熟悉這產業，所以才要盡可能多派一些我們這邊的專家。意思就是因為是要去看造型形象，所以這件事不可能派採訪組或校對組去做。

我瞥向坐在對面的白榮燦，對方則一臉微微呆滯的樣子點了點頭。

「好，我知道了。」

他就是一副魂有一半已經飛去別的地方的神情。是因為宿醉嗎？誰叫你要喝酒喝到這麼醉呢……把頭髮放下來的白榮燦比平常看起來更溫順，沒有嬉鬧也沒有笑容，只是低著頭看企畫書。

午餐過後，我跟白榮燦前往清潭洞的西裝店。搭車的路上，白榮燦一句話都沒有說。幾乎到了讓人窒息的地步。

難道在生我的氣？

因為我沒有立刻給他答案嗎？還是因為……我搖了搖頭。但腦海裡還是免不了一片混亂。一些沒必要的想法，就像這個壞天氣一樣無法抗拒。

我轉頭偷看駕駛座的白榮燦。他的眼眶發紅，是因為沒睡好覺嗎？再仔細一看，看來他應該不是在生氣，但是看起來好像很累、很不舒服。這麼健壯的白榮燦生病了嗎，光是這件事就足以讓人非常驚慌，就好像在惡劣天氣時被雨淋溼一樣。我手指合併握緊，不斷磨蹭著。

「……身體還好嗎？」

「嗯。」

他立刻回答。雖然回答死氣沉沉，但是看起來果然不是在生氣。車子內又再次陷入沉默。

真的是尷尬得想死。

就算尷尬不自在，也不能草率地決定要不要交往。畢竟我都還不清楚自己的感受。我輕輕地嘆了一口氣，責罵著自己。

老實說，我絕對不是討厭那傢伙。但是，這也不是能一時衝動就決定的事情吧？我又不是禽獸，不能因為很滿意那傢伙的身體，就選他當另一半吧。因為我是很理性的人。

我深呼吸，腦海中改想著工作的事情。一想到必須立刻處理的草案，我就沒有了這些雜念，很好。

＊＊＊

清潭洞西裝店的負責人幾乎是哭喪著臉迎接我們。一個看起來充其量是二十歲中後半的男人，似乎是無法了解白榮燦提出的概念。我立刻就了解為什麼金部長連我都要一起派來了。

在跟負責人解說時的那個房間裡面，有兩個長長的掛衣架，上面掛滿了衣服。這些全部都是要看的嗎？我頓時有點迷茫，但白榮燦立刻各拿下一個衣架。

「不好意思，不能用這些拍攝。青年布[3]外套在哪裡呢？……這個沒有開衩呢。沒有雙開衩的嗎？那個請幫我掛來這邊。最好還要有件背心，要羊毛人字紋的。」

白榮燦挑出要用來拍攝的套裝，一件件仔細地查看。他的眼神銳利、手的動作很敏捷。一看完這幾十套的衣服，我立刻把它們套入原本的拍攝概念，腦中浮現雜誌最後排版的樣式，甚至也已經想好可以活用的B案。

我對他這副模樣很陌生。仔細確認衣服的材質和款式的白榮燦，就好像另外一個人。不是因為他生病了，是那個樣子本來就是白榮燦「在外工作」的原貌。

「我該看什麼才好？」

我靠到白榮燦身旁問。用眼睛確認挑選出來的衣服。看過搭配後，我也大致抓到了這個概念。

「幫我搭配一下那邊的衣服。你看過我的企畫書了吧？」

「嗯。」

我走到那傢伙對面，很快地挑選出幾件衣服。白榮燦從我挑選出的單品中又再挑選幾件出來。我回到他身邊，幫忙找出他需要的單品。有幾個東西是在他說出口之前我就先幫他選好了。

3 青年布（chambray）：外觀與單寧布類似的輕盈平織布料。

「有牛津鞋嗎？」

「這裡。」

「領結。」

「緋紅色的嗎？」

「木炭灰。」

專題報導需要用到的單品大致整理完成時，我腦中也已經可以描繪出我要設計的專題版面。真是奇特的經驗。

「現在要來試衣。」

白榮燦看著我們一起選出的單品後說。我現在才發現，我跟那傢伙現在已經完全不會尷尬了。但我卻慢了一拍才他對說的話感到驚訝。他是說試衣嗎？

「模特兒來了嗎？」

「沒有，我來試。」

「你？」

白榮燦說他要穿？現在仔細一看，是有幾套的尺寸是符合他的塊頭……因為說是要拍攝樣品照片，我理所當然會認為是有模特兒要過來。

「本來衣服就都是我親自試穿。當感覺不是很確定的時候，也會由我親自拍。」

雖然一起工作這麼久，但我也不清楚企畫組外出工作的方式。剛進公司的時候雖然有跟過幾次，但那時候的白榮燦也才剛進公司。

當我還在驚慌的時候，白榮燦一下子就脫掉穿在他身上的襯衫。不過，現在這個房間的確就像是個大型的更衣間。

白榮燦果然在全黑棉質襯衫上選擇搭配全黑經典外套和褲子，而他也立刻就把衣服換掉。外套雖然有點緊，但他這樣看起來反而性感。他一邊照著黏在牆壁上的鏡子一邊整理服儀的樣子，看起來好熟悉。

我靠著掛衣架看著他陌生的背影。原來白榮燦在我不熟悉的外面世界是這樣子在工作的。我再次意識到，我其實很不了解他。心裡有股讓我蠢蠢欲動的感覺，我想要更認識白榮燦。在家裡時、跟妹妹在一起時、在遇見我之前的小時候，各種時候的白榮燦會是什麼模樣？我想要了解，我想要記下這一切。

「出去吧。」

不知道白榮燦什麼時候準備完成的，他的臉乾淨俐落，然後用下巴指向門的方向。甚至還在更衣途中，用髮蠟把頭髮往後梳得乾乾淨淨。

西裝店負責人帶我們去裡面的小型攝影棚。似乎是因為聽到我們說要拍攝樣品照，就先把器材都準備好了。

白榮燦坐在小板凳上。雖然沒有擺出特別華麗的姿勢，但他坐著看著相機的樣子，看得出來這並不是他第一、二次這麼做了。剛剛看起來不舒服的樣子已經消失得無影無蹤。白榮燦光滑的額頭上映照著白色的燈光。沒想到把鈕釦扣到底的全黑西裝這麼適合白榮燦，而這也是我新學到的事情。

我跟本來看著相機的白榮燦對到眼。本來面無表情的臉，露出一下下淺淺的笑容。

又再多完成幾套的拍攝跟確認完預覽畫面後，太陽就已經下山了。天氣非常冷，我後悔沒有帶厚大衣，同時也很擔心白榮燦。那傢伙換完衣服後便一邊咳嗽、一邊把圍巾緊緊圍繞在脖子上。所以說，你至少也要把昨天穿的風衣穿來啊……

「馬上就要下班了。」

離開西裝店後我這麼一說，白榮燦就點了點頭。那傢伙嘴巴緊貼著圍巾，又再度變得無精打采的樣子。是因為換回原本的衣服，所以又變回剛剛那個生病的白榮燦了嗎？我輕輕抓了一下那傢伙的手臂後放掉。

「你現在就回家，注意身體。我去搭地鐵。」

「好吧。」

「明天見。」

我以為白榮燦也會回我「明天見」，但是那傢伙沒有回答我，只是直直盯著我看。在大馬路上被用這樣的眼神看會讓人不好意思，感覺好像又要被扒光一樣。

「我走了。」

我沒辦法，只能先轉身離去。一直到走進人潮中之前，那傢伙深邃的的眼神，讓我的後頸發癢。

＊＊＊

隔天，我才知道為什麼白榮燦沒有回我說「明天見」了。因為他今天臨時要南下出差。雖然只不過是去出差一天，但因為沒有事先告知，還是難免感到有點不開心。而我也對因為這樣就感到不開心的自己覺得難堪。我的手在他空著的位子上敲了一下。

雖然今天就過得跟平常一樣，但是發生了一件大事。採訪組一名資深的記者發生意外，現在住進醫院了。辦公室裡想當然是一片混亂。包含我在內的幾位組長，在午餐時間前去探了病。十分萬幸沒有危及到生命，但勢必至少得請假一個月了。

「徐組長，你過來一下。」

下午，金部長找我過去。一進到會議室，金部長就要我從書架上拿幾本過期的《休閒之都》雜誌給她。

「最近工作怎樣？還可以嗎？」

「嗯，就跟平常一樣啊。」

不知道為什麼這個關心有點讓人不自在，所以我簡單地蒙混過去。金部長快速瀏覽幾本過期雜誌後，就把它們推到桌子一邊。從她調整坐姿的樣子來看，我可以猜想到她要講很重要的事情。

「這次有一件事情要交給徐組長。」

而金部長接著說出來的專案，比我預想的還更重要。

米蘭時裝週正在邀請各國的採訪團隊。這次特別請到一位韓國知名演員走上伸展台，所以引起了很大的話題。當然，休閒之都的編輯們也會親自去時裝週。平常這種國外出差都只有採訪組跟企畫組去，但是她要我這次也跟著去。

「我嗎？」

「因為採訪組朴組長突然住院，已經沒有人可以派去了。這可是米蘭時裝週，組長級的人都得去。」

因為採訪組組長住院，我們公司有經歷的採訪人力變得不夠。距離出發只剩下幾週，而像米蘭時裝週這種重要的活動，不可能只派主任或代理人員去。雖然企畫組會派白榮燦去，但是仍然缺一個組長。

「我就是要你親眼去看，然後跟企畫組一起訂出報導風格。在這禮拜內安排好行程。懂了嗎？」

「……是。」

我點了點頭。像米蘭時裝週這種大專案，當然是不分組別的。因為更重要的是，要做出符合休閒之都這個品牌的報導。這種重要的特輯報導，是必須要一起開動腦會議的。

「而且，徐組長的品味不是也不錯嗎？除了徐組長，我已經沒有人可以指派了。」

金部長放低姿態、小心翼翼地說出這些話，我才了解到，金部長比我想得更信任我。我覺得很感謝，但也覺得很有壓力。也許在現在所有的組長中，我是屬於比較資深的，所以才會這麼依賴我吧。因為能長期待在休閒之都工作的人沒幾個。

「不知道你有沒有聽說了，現在會逐漸把重心放在海外事業上，這次也會選出幾個編輯，讓他們去進行海外巡訪。」

「海外巡訪？」

「嗯，會在兩到三年間四處去奔走，以後海外的企畫也都交給他們處理。」

「那麼，這次米蘭的行程時間排得這麼充裕，也是為了從義大利那邊開始著手挑選製作內容嗎？」

「你很清楚嘛。所以你就當作是一次輕鬆的國外旅行。徐組長也藉這次機會，好好去體驗一下義大利吧。」

看她釋出善意的笑臉，我也只能笑了。

「對了，還有啊。」

我正要準備離開會議室，但金部長好像還有話要說，所以我又轉頭回去看。

「徐組長，挖角的事情應該有好好拒絕了吧？」

她接著問的話讓我嚇到嘴巴張開。

「妳怎麼會知道？」

「消息已經傳成這樣了，你覺得我會不知道嗎？」

也是，同事們都已經談論成這樣了，那消息應該也傳到她耳邊了。

「還有，我跟徐組長一起工作也不是一兩天了吧？如果要離開，應該早就會說出來了吧。」

我苦笑了一下。

「那麼妳也很清楚，我不會離開休閒之都囉。」

我接著說。金部長像是對我的答覆很滿意地笑了，而我的笑容也不再是苦笑。

雖然我編輯報導的經驗不只一兩次，也不算是不會做，但還是很擔心去米蘭能不能做好我該做的工作。我可不想白白浪費機票錢。雖然金部長說就照我平常那樣去做就好，但真的有她說的那麼簡單嗎？不過，我也知道這是一個很好的機會。

其實，工作不順心的原因並不是因為這個。我只是很不想承認，現在眼前看不到白榮燦，讓我在意到快瘋掉。

什麼時候回來呢？

想到一半，我又突然意識到那傢伙出差的時間才不過一天而已。我就好像腦中某個重要的部分壞掉了。

要理性點行動，理性一點。

我深深吸了一口氣，然後像是在念咒語一樣對自己喊話。我是理性的人、不要被一時的情感左右、戀愛不可以用一時的情感去做決定。

偏偏那天晚上阿姨又問我：「有女朋友嗎？」一聽到那句話，讓我心裡感到很慌亂。

「也沒有喜歡的人嗎？」

「這個嘛……」

「原來有啊？漂亮嗎？」

開心笑著詢問的阿姨並沒有錯。漂亮嗎？白榮燦漂亮嗎？雖然長得很好看……我一時忍不住遲疑、無法回答。

「唉唷，我兒子是個工作狂，應該沒有時間談戀愛。」

幸好媽媽插話，才讓我勉強鬆了一口氣。而且仔細想想，白榮燦現在也還沒跟我在一起，我到底為什麼要遲疑呢？

＊＊＊

雖然說是一天的時間，但白榮燦幾乎是出差了兩天。隔天到了下午很晚時才終於見到他的臉。

「來來來，想我的人來排隊，一個人領一個餅乾。」

幸好他厚著臉皮分送出差時伴手禮餅乾的樣子，看起來跟平常一模一樣。至少看起來不像是不舒服的樣子了。乾淨整齊的西裝跟向後梳得俐落的頭髮，還有……咦？

白榮燦在跟申記者聊天，我仔細地看著他的側臉，感覺好像瘦了不少。而且，感覺氛圍跟之前確實很不一樣。不知道是什麼……

「徐組長也有。」

白榮燦把餅乾放在我的桌上。本來要跟他說聲謝謝，但那傢伙並沒有看我，甚至已經轉身離開。我因為害羞，立刻抓起餅乾放進抽屜裡。

馬上就到了下班的時間。看到我的組員們都下班後，我也走出辦公室。

趁著搭電梯下樓前往停車場的時間，我搜尋了幾個料理食譜。現在馬上就要進到截稿期了，也許又要開始過著吃料理包跟叫外送的苦日子了吧。這是可以好好煮飯來吃的最後幾天了。

一下到停車場就看到白榮燦的 Land Rover。如果說沒有想起跟他在裡面身體纏綿的畫面，那是騙人的。白榮燦今天在加班嗎？我過了好一陣子才走向我的車、發動引擎，一直到離開停車場都沒看到那傢伙的身影。

回家的路上跟阿姨簡單通個電話後，就出門去採買。一回到家，我就煮了牛肉蘿蔔湯跟做了涼拌菜。涼拌菠菜雖然弄得有點鹹，但是味道還不錯。

吃完晚餐後打算要來看書或看部電影。我需要體會一點日常生活。我堅信今天是跟平常一樣，沒有發生任何問題的日子。至少在白榮燦按下門鈴前，我似乎就可以帶著這個堅信入睡。

站在走廊的白榮燦跟平常一樣帶著嬉鬧的笑臉。

「不好意思，突然跑來找你。我是要給你這個。」

那傢伙突然遞給我一個紙袋。就算不打開，我也知道那是什麼。因為那傢伙之前曾經傳過防寒衣的購物連結給我，那個品牌的商標就印在紙袋上面。

「因為這是答應過你的。但是，等你方便的時候再去衝浪吧。我好像太過一廂情願急著約你了。」

「不是，那個……也不是那樣……」

怎麼回事？他是平常的白榮燦，但好像哪裡不一樣？這個不自在的感覺，就好像胸口被緊緊壓住一樣。我把本來半開的玄關門完全打開。

「你先進來吧。吃過飯了嗎？我煮了湯。」

「不用，沒關係。徐組長要好好休息。」

白榮燦向後退了一步。而同時，走廊上的日光燈也自動熄滅了。那傢伙站在黑暗中，我低頭看了他穿的黑色牛津鞋。

「我現在不會再煩你，不會再讓你有壓力。」

這句輕柔且清晰的話，讓人揪心。

「不管是當炮友還是同事，你應該會有自己想要的結果。你就慢慢想，然後照你想要的去選擇。我都沒關係的。」

白榮燦笑著講了這些話。那傢伙說的每一句話，好像都落入了黑暗之中。每個簡短的字裡行間都讓人感到窒息。我不知道該怎麼回答，只能愣神地緊咬住嘴巴。

「但是你也別把我推太遠。那樣的話，受傷的不是我而會是你。」

然後白榮燦又向後退了一步。就在我還在想該說什麼的時候，白榮燦已經完全轉過身去。走廊上的燈又亮了起來，穿著長版風衣的白榮燦身影慢慢地走遠。

「對了，我之後會去出差，這次會去比較遠。」

走遠的白榮燦補上了這句話。如果是B級電影，我就會跑到走廊上，然後拉住那傢伙的手臂，不管鄰居會不會看到就不顧一切地吻他。或者，說不定白榮燦會向我跑來。

但是現實並不是電影。走遠的白榮燦沒有回頭向我走來，我也不可能朝著他奔跑過去。

關上玄關門後，本來打算弄飯來吃，但現在全身沒力，我便把湯勺隨便一丟然後躺到床上。

『我之後會去出差，這次會去比較遠。』

在黑暗中看著我的白榮燦，他最後的表情沒有任何一點笑容。我對此感到生氣和不對勁。應該至少要問他去哪裡出差的。真的要去很遠的地方嗎？突然有個想法閃過我的腦海。

難道……是金部長說的海外巡訪的專案……那麼會有兩三年沒辦法見到面？這樣可不行。

我把頭埋進枕頭裡大叫。慘叫聲就這樣傳進枕頭裡。

「啊啊！」

因為快受不了了，我立刻爬了起來，手抓起了手機。要不要打電話給他？不對、不行。我在想什麼，我要瘋了。我搖了搖頭，手也不自覺地點開了通訊軟體。白榮燦跟我的對話內容被全部展開。我的眼睛也不知不覺地開始讀起那些訊息。

如果想要快點做完資料調查，那我今天又要加班了啦~QQ 哼哼。徐組長要提早走嗎……？我要自己一個人吃晚餐……QQ 到了晚上又會很冷……QQ

親愛的徐組展~^^這一期也要辛苦你了~^^
我的賢秀秀~平安到家了吧 呵呵 今天加班辛苦惹^^* 加油 明天見唷♡

讀著白榮燦像是笨蛋一樣的訊息，我不自覺地流下眼淚。真的要去海外巡訪嗎？要是去了國外，會有好幾年都收不到這個有愚蠢表情符號的訊息了嗎？我湧現出各種想法。看著那傢伙傳的「哈哈」然後哭得唏哩嘩啦的我很可笑。同時也覺得很悲傷。

「真的是、嗚、嗚……煩死了……」

我擦掉眼淚，從床上站起來。我必須理性一點、理性。成為理性的徐賢秀吧……我坐到書桌前打算看點書，進到眼簾的卻是白榮燦送我的禮物——刻有貓咪圖案的自動鉛筆。最終，我內心某一角還是「碰」的一聲爆裂了。

我隨意套上手裡拿的一件開襟衫，穿上拖鞋後出門。我出門的時候也不知道我為什麼要走出去。

「嗚嗚、嗚……」

我按下電梯按鈕，一直不斷擦拭流不停的淚水。

當突然想起我的名字在白榮燦手機裡顯示成「Prionailurus bengalensis」時，不知為何又開始流淚。白榮燦傳給我的照片中，有一張是他裸著上半身並在上頭貼滿厚厚的衛生紙。我一想起那張奇怪的照片已經被我刪掉了，又忍不住開始流淚。最後當想到我生病時，那傢伙在我旁邊大口吃著稀飯的樣子，幾乎就要放聲大哭了。

電梯真的非常慢，還不如跑樓梯下樓，正當我在考慮要不要付諸行動時，電梯正好就來了。我發神經似的瘋狂連按著關門按鈕。

「嗚、嗚嗚、快點……」

手因為在發抖，沒辦法確實按準地下樓層的按鈕。就連電梯下降的過程中我也無法冷靜下來，我一直在電梯內跺腳。那傢伙都離開多久了，應該要早一點出門的，愚蠢的徐賢秀。

白榮燦應該已經離開了，應該已經來不及抓住那傢伙了。就算電梯門打開，白榮燦應該已經不在這裡了，可能只有一片漆黑中傳來的地下室霉味吧。

都是我的錯。我說不定會在那傢伙去國外出差的那幾年，反覆讀著這個像是笨蛋一樣的訊息，然後一邊後悔得要死。電梯經過一樓的時候，我幾乎已經是呈現自暴自棄的狀態。

終於到了地下樓層的停車場。電梯門打開，本來打算立刻衝出去的我，卻放棄了計畫，只是傻傻地站在電梯裡。

「才過一下子就想我了啊？」

他看起來似乎驚訝了一下，隨即露出笑容，這一副狡猾的表情。

那個讓我看了愚蠢的訊息後哭出來的傢伙；讓我變得不理性的傢伙；打亂我一個個計畫的厚臉皮冤家般的傢伙。

這是我的錯覺。我們不是什麼B級電影。

跟白榮燦相遇，是我人生中經歷過最不得了的事件了。

「榮燦，不要走。」

我不得不承認了。

我喜歡這傢伙的程度就與我有多想殺死他一樣，就是這麼地強烈，不對，比這還要更加強烈。

「我也喜歡你，不要走。」

白榮燦對著我展開雙手。我們沒有任何劇情、台詞，就只是互相緊緊擁抱。

我的身體被推到電梯一角。白榮燦在這個時候似乎還在確認什麼，往電梯天花板方向盯著看。我不想再放開他，也覺得那傢伙飄向別的地方的目光很可惜，所以我拉著他的領子、纏住他。白榮燦就像是要把我擋住一樣，用他巨大的塊頭壓住我、吻我。

不管是赤腳穿上拖鞋，還是隨便在家居服上隨便套上一件開襟衫的模樣，我一點都不覺得丟臉。就連自己死死抓著那傢伙的行為也一點都不讓我覺得羞恥。

我腦中一點想法都沒有，就只是想抱著白榮燦。這跟身體發熱發燙的情感不同。我發了瘋似地想要擁有白榮燦。

白榮燦讓我躺在床上，用盡全力愛撫我。脫掉我的T恤，親吻身體每一處的動作很不像他，非常細心。好像只有我一個人身體像這樣發燙，覺得有點可惜。

一一愛撫著我的後頸、鎖骨、胸口、側胸、手臂的嘴，現在往手的方向過去。親吻我每一根手指間的白榮燦，真的非常性感。我的手掌直接地感受他堅挺的鼻尖。這種酥麻的感覺很棒。難道我的手掌是連我自己也不知道的敏感帶嗎？

「呼哈……」

他似乎打算用嘴碰觸我身體每一個部位。白榮燦是這麼樣地執著。似乎沒有把插入這件事放在眼裡，只是專心在不斷地舔拭我、品嘗我。上次喝醉酒時分明也不做這些事，就只是一直插入，跟那時候完全是另外一個人。

「賢秀。」

白榮燦舔了我胸口附近一下子後，突然抬起頭叫我。被那傢伙壓在底下的我根本沒有機會擋住發紅的臉。T恤被拉到脖子、褲子卡在大腿上，我這個樣子看起來應該很可笑。也不知道白榮燦在開心什麼，一臉笑迷迷地低頭看我。快點幫我脫掉內褲啊……

「為什麼叫完我的名字後，要這樣盯著我看……」

「因為我喜歡你啊。想要再多看一遍你的臉。」

看到他雙眼炯炯有神地回答，我就很想回問他有這麼喜歡嗎？我並不討厭像是被那傢伙用眼神扒光的感覺。他總是這樣。

像小狗一樣溫順的白榮燦，雙眼突然有了分量。他親了過來。他用手將我的褲子全部脫掉。探索大腿的手，動作比平常更小心翼翼。就算手指沒有鑽進內部最柔嫩的地方，我也已經興奮到不行。我也再次體悟到那傢伙真的非常會接吻。

我已經忍不住了，用腳夾住那傢伙的腰用力往下拉。我感覺到解開的皮帶鈕釦帶來的異物感，還有褲子裡沉甸甸的肉團。我的腰向上抬，用自己的勃起去摩擦那傢伙的褲子。

嘴巴分開了。一跟他炙熱的眼神對上，我的背脊感覺就像是被舌頭碰到一樣酥麻。他又再次「啾、啾」親上來，這次輕輕碰觸到後就移開的雙唇，果然還是很溫熱。當不是身體而是內心發熱時，該怎麼做才好？

我避開白榮燦的目光，開始解開他的襯衫鈕釦。我甚至還不小心手滑。幫他解開領帶解到一半，還不小心勒到他的脖子。我自己都嚇了一跳，立刻將手放到領帶後面，硬是鬆開了它。

「對不起，等、等我一下……」

我真的是要瘋了。一想到我搞砸了這場性愛，就丟臉到只想死。一陣慌亂的手腕被他抓住了。我們又再次對到眼。白榮燦親吻著我的手腕內側。然後，他開始輕輕擺動他的腰。衣服裡的沉重肉棒緊緊壓在我的性器上面。

白榮燦又再次親吻我。感覺光是接吻就要把我融掉、吃掉。不知不覺間，那傢伙也突然就赤裸著身體。我的性器也到了極限，前列腺液不斷流出，正等著後面被抽插時帶來的刺激。

要是他打算繼續吊胃口的話，我就要坐到他身上，把他插進我的身體裡，開始搖擺腰身。正當我這樣下定決心時，白榮燦的嘴巴便離開了。看他深深地吸了一大口氣的樣子，似乎也已經非常亢奮了。

本來真摯地直視著我的白榮燦，突然把臉向下靠到我的胸口，然後肩膀不斷地抖動。兩隻手緊緊地握拳，就像是在忍耐衝動。怎麼回事，都還沒有開始做，應該不會是心臟衰竭吧。幸好白榮燦突然把頭抬了起來。

「怎麼辦。太舒服了，我快忍不住了。」

我因為無言以對而眉頭深鎖。為什麼突然……你什麼時候忍過……

「……那就不要忍了。」

我以為我一說完，白榮燦就會很猛地衝過來，因為他常這樣子做。他就是在床上總是像隻禽獸的傢伙。但是白榮燦用他肉棒頂端，小心翼翼重複地頂著洞口後，再把粗大的肉棒鑽入我的體內。那傢伙並沒有立刻抽動，而是慢慢地扭動他的腰、刺激著我後面。我這時才知道，他想要先幫我放鬆。就直接放進來也可以啊……白榮燦又開始親吻我的唇，就像一隻舔著蜂蜜的熊。不是什麼大灰熊，而是一隻無害的小熊……

「賢秀，你真的喜歡我？」

鼻尖碰觸到的聲音非常柔和。低沉的嗓音就像是在輕撫著身體。明明就是有脅迫性的問題，但對我來說卻是聽來如此無害。

「喜……歡。」

「真的嗎？」

本來只有插入頭部的小榮燦，突然挺了進來。接著白榮燦開始抽動。不管怎麼說，這麼野蠻粗大的肉棒擠進我的體內，還是無法馬上適應這種感覺。

「真的？真的？真的？」

我因為忙著忍住呻吟，所以沒辦法回答他，白榮燦就把他的鼻子貼在我的臉上，連續問了三次。他的腰抽動的速度慢慢地加快。就好像如果我越慢回答，他的動作就會越加猛烈。

「嗯？賢秀？」

「我說、喜、歡，臭小子……我說、唔唔、唔嗯、我喜歡你……！」

結果我還是不管什麼呻吟不呻吟地大吼了出來。白榮燦雙眼瞇成無害的弧線看著我露出了笑容。那傢伙開心地笑了，我在那一刻卻又突然覺得很想哭。因為我沒有看過有人這樣看著我笑。

白榮燦讓我想要哇哇大哭，但同時也讓我很安心。我同時感覺到想要揍他跟想被他抱住的心情。

我在波濤洶湧的感情漩渦中，鬆開原本緊握著那傢伙的手。第一次覺得被捲進去也不錯。我現在不是違背自然法則，而是讓身體順著水流。

白榮燦的熱氣包裹著我全身。他探尋我雙唇的呼吸氣息；像是在撫摸珍貴物品、在我髮絲間撥弄的手指；一直跟我對看的眼神，這些事物，比起後面被持續撞擊的快感更加來得好。

「我愛你。」

就在這不冰冷也不危險的波濤中，白榮燦向我告白。

「賢秀，我愛你。」

我們讀出了彼此的每個動作，就像是在相互配合著，然後慢慢地往水面上浮起來一樣。我們摸索和擁抱的動作，就像在彼此已經很熟悉的身體裡探險一樣，沒有任何一點嬉鬧。

是媽媽曾經說過嗎？還是在書裡看到的？在床上講的話千萬不能信。但是，這次好像可以相信。我應該可以相信他，白榮燦。

其實，到現在我都很難掌握這個叫做白榮燦的人。也不知道要完全讀懂這個人需要多久時間。但有一件事情可以確定。不管難易度怎樣，我都想要一直解讀白榮燦到最後。而且，這並不是因為好勝心。

白榮燦比平常更溫柔、更深情地抽動。他溫柔地頂著我的後面，讓我達到好幾次高潮。白榮燦不但深情且炙熱，跟他做愛感到既親密又溫暖。我第一次體會到，就算不是粗魯猛撞，也可以感受到許多次強烈的高潮。

做完愛後，我們身體緊貼在窄小的浴室裡一起洗澡。雖然水花四濺、泡沫沾到漱口杯，但是白榮燦還是堅持要幫我洗。

洗著他脫光的身體，他好像確實變瘦了，感覺比之前更靈敏。我洗著沒有任何皮下脂肪的二頭肌、三頭肌、腹肌，再次替白榮燦感到驕傲。真奇怪。又不是我的身體，有什麼好驕傲的。

「你，要去哪裡……出差？」

我提出憋了很久的問題。如果真的要去國外好幾年，那我們的關係會變怎樣？

「就是很遠的地方。」

白榮燦稍微躲開我的視線後回答。從他緊咬住嘴巴的表情中感受到了一種既視感。這個表情好像在哪裡看過。啊，對了，他把雨傘放在包包裡來我家的時候。他那時候也是這個表情。難道他在騙人？然後我想起金部長跟我在會議室的對話內容。

「難道，你是指你要去米蘭時裝週嗎？」

白榮燦的眼睛尷尬地看向浴室天花板。Bingo。太可惡了，我把拿在手上的沐浴刷丟到他的胸口。

「我還以為你說的是海外巡訪專案。」

「分開幾週也是出差啊！」

我很討厭自己這樣突然大喊。也不知道誰因為這樣又哭又鬧的……但奇怪的是，我一點都不覺得鬱悶，反而還笑了出來。是因為我跟白榮燦越來越像了嗎？不對，是本來以為會有好幾年見不到那傢伙，現在知道不是之後，鬆了一口氣的關係。

我打開蓮蓬頭幫他刷洗身體。被泡沫蓋住的親吻痕跡一個一個露了出來。我最先想到的是，如果解開鈕釦就完蛋了。

「就這麼討厭要分開好幾個禮拜嗎？」

「嗯。」

他迅速的答覆並沒有任何開玩笑的意思。雖然……我也是……但我默默地臉紅，用手揉了他的胸膛。我緊咬了幾次嘴唇後才終於開口，還有一件事非得告訴他不可。

「那個，該怎麼說……不要當炮友。」

「什麼？」

「那個……」

我又再次把嘴巴緊閉。我責罵自己，別那麼膽小，徐賢秀。

「你不是說……要正式交往嗎，那就這麼做吧。」

啊，終於說出口了。雖然心裡感覺很舒暢，但心臟卻好像要爆炸了。我感覺到直視我的目光。不知道是不是因為熱水的關係，感覺氣氛慢慢變得有點奇怪。我沒辦法把頭抬起來。白榮燦則托住我的下巴，把我的臉抬起來。

「好耶，我追到徐賢秀了。」

然後再次親吻上來的白榮燦非常溫柔、深情，我也就安心下來了。白榮燦移開嘴巴的同時，把我的手往下面拉過去。我的手指碰觸到這個時候已經非常硬挺的肉棒。

「但是……我這個該怎麼辦……」

雖然嘴上說著該怎麼辦，但是他的手卻已經把我抓去撫摸他。我看到白榮燦的喉結在蠕動。我呼出的氣息將他鎖骨上積的一點水吹了開來。

「要是再做一次，我明天就沒辦法走路了，瘋子……」

「我用大腿就好。」

白榮燦也不等我回答，就把我身體轉過去。我也只能扶著磁磚，翹起自己的臀部。我的大腿間插進了一根粗重的肉棒。

「唉，真的是……」

靈敏的白榮燦，為了不讓我推開他，用他巨大的塊頭把我壓在牆壁上。接著他的手握住我的性器。

我們一直在浴室裡交纏，直到身體被水泡腫為止。白榮燦親自幫我吹頭髮用來表示歉意。他還幫我準備好飯菜——雖然是我煮的飯——甚至還帶我坐到餐桌旁，我就像是沒手沒腳的人，被白榮燦服侍著。

「哇，徐組長真的很會煮湯！可以結婚了！」

我看到白榮燦舀了一勺湯後誇張的表現，忍不住笑出了聲音。我感覺自己的家在那一刻好像變成了「我們的家」一樣。

＊＊＊

早上一起床就先看到白榮燦的臉，這種體驗好奇妙。我家裡充滿著他的味道，這種體驗果然也是很奇妙。白榮燦一跟我對看到後就露出溫柔的微笑。看來在我眼睛睜開前，他就已經一直盯著我看了。

「睡得好嗎？」

他把嘴巴靠近，似乎就算不聽我的回答也知道答案，也或者是他更急著想要接吻。他先是快速地親了兩下，接著長吻一下，再來是連續親了很多下。白榮燦就像被親親鬼附身一樣，嘴巴時不時都要吻一下。從昨晚開始就一直這樣，所以就算嘴脣不見了也不奇怪。這種刺痛的感覺讓我的眉頭皺了起來。

「嘴巴腫起來了啦……」

「真的嗎？」

竟然還敢厚著臉皮回問，還不是因為你這樣子又吸又咬的。白榮燦仔細地看了我的嘴脣後，這次就非常小心翼翼地貼到我的嘴脣上。

「怎麼辦，真的變紅了。」

「因為你一直又吸又咬才會這樣啊……」

我一邊把被子拉起來一邊嘀嘀咕咕。這樣子上班一定會覺得很丟臉。如果金部長問「徐組長，你是被誰吸成這樣的？」那該怎麼辦。我不知道他懂不懂我的心情，但他的嘴脣輕輕掃過我的，看來是很想接吻，卻因為我碎碎念而讓他遲疑。

「不想上班……」

「我載你去，快準備吧。」

比起不想上班，其實我更不想的是離開溫暖的床、離開那傢伙的體溫。我用額頭在他赤裸的胸口上磨蹭。他輕撫著我的頭，手的動作非常親密且小心翼翼。白榮燦就像是對待容易受傷的動物一樣對待我。雖然有點傷自尊心，但感覺不怎麼差。

媽媽從小放任的養育方式，加上我小時候就很討厭看不起我的人，從來不曾對誰撒嬌。人生第一次的撒嬌，讓人有種莫名上癮的感覺。從我一直想要糾纏他的樣子也看得出來。

「要倒杯水給你嗎？還是幫你泡杯咖啡？」

「水……」

雖然因為口真的很渴，但另一方面也是害怕他弄壞我的咖啡機。白榮燦突然從床上爬起來，像是在做什麼柔道護身倒法一樣，輕盈地落地。他的落地方式，不管看幾次都覺得神奇。光看他的身體動作，感覺地板好像會發出巨大聲響。如果從正面看，巨大的大象應該會嗚叫一聲後大力甩動鼻子。我將嘴巴埋進枕頭裡偷笑，接著又開始擔心床墊是不是又要壞掉了。

白榮燦一邊哼著〈波希米亞狂想曲〉的旋律一邊往廚房走去，然後打開冰箱拿出水瓶。將水倒入兩個並排杯子的動作，看起來就像在自己家一樣自在。他拿起兩杯水走回床……天啊。我都覺得不好意思，然後把臉埋到枕頭裡。他晨勃後像是手臂一樣粗的肉棒也是與眾不同。

「拜託你穿衣服……要不然至少也穿個內褲。」

「內褲在睡覺前洗下去了。」

白榮燦把手搭到我的背上。我爬起身接過水。他的確是很勤勞。也對，反正這個狀態也沒辦法穿內褲。我慢慢挪動著身體想要從床上爬起來，白榮燦卻從後面緊緊抱住我。

原本以為他突然拉過我的腰，會失去平衡摔倒，但是他的胸膛穩穩地接住我。環抱住我的手臂果真還是結實得讓人窒息。白榮燦的兩隻手交疊在我的手背上。他的手大到可以整個覆蓋住我的手後還綽綽有餘。

「就這樣繼續待一下吧。」

耳邊傳來的聲音非常溫熱且深情。我也只能敗給他了，但這次的失分一點都不可惜。因為，我知道我並沒有失去任何東西。

我翻轉自己的手，讓白榮燦不是交疊在我手背上，而是跟我的手掌交疊。我們的體味交融在一起。我們的味道彼此交織，就像是兩個不同溫度的洋流相互讓步著。我們之間就像是掀起一個小型且無害的漩渦。我感覺到一陣心情愉悅的暈眩感。

上班的路上，白榮燦的 Land Rover 播放著懷舊搖滾樂。我第一次知道他喜歡齊柏林飛船。不知道為什麼，我就覺得很適合他。整個路上，我們都在談論經典老歌的話題。就跟我想的一樣，我們喜歡的音樂類型也完全相反。他喜歡英式搖滾，而我喜歡後搖滾。但奇怪的是，我卻很開心。

才一去上班，白榮燦就在一樓咖啡廳買了三明治。因為沒吃早餐就出門，他一直在鬧脾氣說快餓死了。他遞了一樣的三明治遞了過來，但我搖了搖頭。

「我不餓，我喝咖啡就好。」

「不要這樣，在其他人來之前快吃掉。快點！」

他似乎不聽我講話，拆開三明治包裝，然後往我嘴裡塞。

「哎呀……！下巴沾到醬了！」

「快吃、快吃。許主任要來了。」

「啊，好啦，我吃。」

白榮燦看到我放到嘴裡咀嚼才露出了微笑。

「你不是每天都喝雙份濃縮特大杯咖啡嗎，這樣胃會不舒服。以後都要吃早餐。」

看他認真的語氣和眼神，我也只能點點頭。他伸出手，幫我擦掉沾到下巴的醬，然後不知道又在開心什麼地笑著。喜歡看我臉上沾到醬料吃著三明治的樣子嗎？總之，他這樣看起來真的就像一隻無害的小熊一樣。

「我說，你的衣服。」

「嗯？」

「非常適合……全黑，你要常穿啊。」

我一邊打開螢幕，一邊帶過這句話。老實說，那傢伙在西裝店穿的全黑西裝，我覺得只有我看到有點可惜。不對，我只想要自己看。不對……我也不知道我的想法，自己一個人在腦海裡語無倫次。白榮燦抓住我的手，嘴巴輕輕地掠過我的指尖。

「本來怕別人會害怕，所以才不怎麼穿的。」

他接著說的話讓我很意外。白榮燦會讓人害怕？他這麼善良……也對，他身高一百九十公分，胸膛也很巨大……大腿也像女生的腰一樣這麼粗……客觀來說，看到的確是會害怕。他狠狠毆打朴原浩的樣子，連我都害怕了。

「但是如果是我的小貓咪想看，那我就偶爾為你穿一下囉。」

「還真是榮幸啊。」

他爽快回答的樣子很可愛，我也忍不住給了他回應。白榮燦把手在空中轉了兩圈、彎下腰，做出西式的鞠躬禮。我迅速用手指戳向他彎下去的腰，他「啊！」的一聲踉蹌的模樣，根本可以拿下演技大獎。很可惜的是，因為許主任走進了辦公室，我們只能停止嬉鬧。

「咦？你們兩個人怎麼會站在一起吃三明治？」

許主任看到站在我位子旁的白榮燦後問。是啊，休閒之都裡不會有人覺得我跟白榮燦關係很好。

「嗯，徐組長欠我人情，所以我叫他請我。」

他很快地回答。在回去座位之前，他看了一下許主任然後對我眨眼，那模樣也非常可愛。

我打開設計軟體，腦海中不斷回想白榮燦說的話。欠他？雖然這是白榮燦為了敷衍而匆忙想出來的藉口，但我的確是欠了他人情。還有朴原浩的事情也是……

我想著想著然後搖了搖頭。

午餐時間過後，白榮燦偷偷地在我座位上放了一包堅果。本來還以為是李宥晴放的，直到看到訊息才知道是他給我的。

堅果有助腦部的靈活度～^^吃完後要繼續加油唷～加油加油！

真的是幹勁十足。星號是什麼意思，弄得那麼可愛。我打開包裝，拿出一顆杏仁放進嘴裡。舌頭一感受到微鹹又香的味道，感覺好像馬上有了氣力。但是為什麼一直拿吃的給我？我看起來太瘦了嗎？

謝謝。

發出回覆後感覺好像太過冷漠，所以又多傳了「哈哈」兩個字。我皺著眉頭看著訊息最下面的「哈哈」那兩個字。怎麼看都很尷尬。我一直以來到底都是怎麼跟人傳訊息的？好像突然間變成了一個笨蛋。

「白組長，什麼事情這麼有趣？」

「只是覺得這個世界很美麗。」

我聽到金部長跟白榮燦在辦公桌隔板另一側的對話。

下午白榮惠打了電話過來。說不緊張是騙人的。看來我腦海深處還在擔心不知道朴原浩會怎麼樣對我。幸好白榮惠轉達給我的是好消息。據說他們仔細去挖了Elune後，發現到連企業內部都有從事非法行為。

——在這之前的事情都能想盡辦法掩蓋過去，但這次應該是躲不了，要被收押了。就算不能以性暴力的罪名關押他，但從事非法行為應該就能把他關起來了，檢察官是這麼說的。所以說，請不用擔心。

雖然說現在才剛開始，但是我已經感覺鬆了一大口氣。我跟她說了很多次謝謝。講完電話之後，心情感覺很奇妙。準確點來說，我很不習慣這種輕鬆舒爽的感覺。好久沒有感覺肩膀這麼輕盈了。就好像第一次搭飛機一樣，感覺就像是壓在身上的重量全都消失不見了。沒有掛心的事情，原來是這種感覺。我已經忘了這種感覺好久了。

我在樓梯間的一角，壓抑住自己蠢蠢欲動的心情。同時腦袋裡也想起了白榮燦。內心好像頓時沒了力氣。我大口深呼吸。戀愛是戀愛，我現在得要修正白榮燦傳來的草案才行。

工作還是得要做。

我解開襯衫袖子後輕輕捲起，正準備走出樓梯間，門就從外面被打開了。從打開的門縫中把臉探進來的人是白榮燦。

「原來在這啊。」

他把樓梯間的門關上後跑向我，然後不知道從口袋裡拿出什麼東西。他把一個像是棒子的東西拿到我的臉旁邊，我反射性地向後退。

「是護唇膏啦。我來幫你擦，過來。」

我不知道該說什麼……我乖乖地站著，白榮燦用一隻手小心翼翼地抓住我的下巴，然後把護唇膏塗在我發腫的嘴唇上。白榮燦堅挺的鼻梁、嘴唇、認真的眼神就在我面前。我不自覺地屏住呼吸。身體都已經交纏過很多次了，為什麼還會這麼緊張呢？

塗抹護唇膏的時間不過短短幾秒，感覺卻像一小時。我不自覺地欣賞起白榮燦長長的睫毛。白榮燦一眨一眨的雙眼認真地看著我的嘴唇，視線漸漸往上移。就在跟我對到眼的那一瞬間變得很深邃、很有分量。

「好了。」

白榮燦一邊收著護唇膏，視線也沒有離開我的嘴唇。看到他輕輕咬了一下他的嘴唇又放開的樣子，連我都覺得心癢。我拿走白榮燦手裡的護唇膏。

「給我，我也來幫你塗。」

我在他靜靜閉著的雙唇上塗上一層光亮的護唇膏。現在一看，他嘴唇的顏色也很漂亮。雖然我有種想要親下去的感覺，但是……這裡是公司、嘴唇也裂開了……

白榮燦抓住我的手腕。我才塗完下嘴唇，他就又把護唇膏搶了回去。

「不要再塗了。我好像要硬了。」

聽到他這麼說，我也不自覺地將視線往下看。現在好像還好好的啊……

「要是你盯著看，會更硬的。」

我嚇到把頭抬起來。白榮燦臉都紅了，然後還躲開我的視線，這一點都不像他。該做的都做了，竟然還會害羞。也是啦，因為炮友跟戀人……是不一樣的。定義我們之間的關係的詞彙，隨著筆畫數越多，感覺我們的距離就越緊密了。雖然護唇膏這種東西我也有，但能夠被無微不至的照顧，感覺真的很好。這次我先笑了。

「我欠你……太多了。還有朴原浩的事情。」

但是白榮燦沒有笑。本來害羞的臉，突然變成不知道是生氣還是難過的僵硬表情。

「竟然說欠我。」

我立刻察覺到我說錯話了。

「笨蛋。那個不叫欠，那是你在倚靠我。我是在保護你。」

我緊咬住嘴唇。剛剛他幫我塗的護唇膏，甜甜的草莓香氣圍繞在舌尖上。我常常從他身上學到一些東西。我到現在都還不完全了解白榮燦。

「放鬆一點，徐賢秀。」

我些微埋怨的話語似乎透露出自己腦海裡的想法。這比起裸露自己的身體，更讓人覺得害羞。

「……謝謝。」

我輕輕地拍了拍白榮燦的手臂，然後打開樓梯間的門。白榮燦的手疊到我握住門把的手上面。他貼近我後背的體溫非常溫熱。接著他「喀擦」一聲把門關上。

「三十秒就好。」

下巴靠在我肩膀上的重量跟在我耳邊輕聲說話的聲音，雖然省略了主詞跟動詞，但還是聽得懂。我的身體好像要融化了。

我們就這樣身體交疊著超過三十秒一點點，然後就走了出去。白榮燦一走到走廊上，就立刻衝去廁所。如果尿急要講啊，真的是……

每當一有草案出來，休閒之都的印表機就會像是要著火一樣受苦受難。當然因為不是正式印刷，所以也不是要看正確的顏色。測試影印只是為了要確認排版、文字和設計元素的緊密度。

「組長，這個要帶去嗎？」

剛泡完咖啡回來的許主任，指著剛剛印表機印出來的東西問。

「我的保溫瓶應該在茶水間，那個也幫我拿來。還有連接線跟用來架器材的小板凳也一起。」

「好。」

我繼續操控著滑鼠。因為工具經常失靈，讓我變得心浮氣躁。研發人員連這點小錯誤都修不好，到底是在做什麼？我看了一下滑鼠，發現指甲下方有個像尖刺一樣突起的肉刺。我忍住很想立刻咬掉它的衝動。

「組長，這裡……」

聽到許主任的聲音後我抬起頭，剛好就在她要跟拿著花盆的朴俊範相撞之前。我立刻從位子上站起來，反射性地把手伸出去，抓住許主任的衣領，一把將她拉過來我這邊，另一隻手則擋在她的臉前面。我感覺到手背被花盆尖銳的樹枝劃過。

許主任手裡拿著的紙張散落一地，鐵製的小板凳撞到辦公桌隔板發出「匡啷」的聲響。朴俊範不知道發生什麼事，手裡拿著花盆，愣愣地看著我們。

「東西要一個一個拿啊！」

我大聲吼完之後才看到許主任嚇壞的表情。

「對不起……」

我嘆了一口氣後，用手大力地搓了搓臉。李宥晴跟其他組員站了起來，開始撿起地上的紙張。我看了看這種時候還緊緊抱住保溫瓶的許主任。

「有沒有受傷？」

看到她搖頭的樣子，我的罪惡感就襲來。徐賢秀，改一改你的壞脾氣……

「下班吧。已經到了下班時間了。」

我也彎下腰開始撿起紙張。

許主任說她會重新排好亂掉的頁碼順序，但我要她下班。其他同事一個個離開辦公室的期間，我把印出來的紙一張張貼在會議室的玻璃牆壁上。雖然有幾張被咖啡弄溼了，但不至於影響排版檢視。

我靠在會議室桌子旁，檢視著牆上貼得密密麻麻的草案，我從紙張間縫隙看到白榮燦露出來的眼睛。巨大的影子走向門邊，他「叩叩」敲了兩下後露出他的臉。

「你不下班嗎？」

「當然要啊。」

我撐起跨坐在桌上的身體。白榮燦幫我把貼在玻璃牆壁上的紙張撕下來。我感覺到旁邊偷瞄我的視線。

「小貓咪又發火了。」

又是那該死的小貓咪。我最後還是笑了出來。

「怎麼了，誰偷吃了你的罐頭嗎？」

「我是不是沒資格當主管？」

我盡可能假裝不經意地吐出的問題讓白榮燦瞪大雙眼。其實，我沒有問過其他人這個問題。要對別人說出這個只存在在我腦子裡的想法，實在非常尷尬。

「為什麼會這樣想？」

「我好像都會讓別人很辛苦。」

白榮燦把一疊紙遞給我。在這堆沉重的紙張的最上面那一頁，是印著由我設計並掛著國內最有名的雜誌名字的那一頁。

「讓別人辛苦一下又怎樣。徐賢秀這麼厲害。」

「不是這樣的」「你做得很好了」本來還等著他這樣回答的我，因此我有點驚嚇地看向他。白榮燦用這又沒什麼的語氣說，然後輕輕捏了一下我的鼻子後放開。

「放輕鬆一點。沒有人講過什麼。如果有人講了，再跟我說。」

那句話比「你做得很好了」「你是最厲害的」這種話更能安慰到我。我也不知道白榮燦懂不懂我的心情，他「嘻嘻」笑然後拉著我的手腕。

「去吃晚餐吧，肚子好餓。」

雖然還需要整理印出來的東西，以及一些工作事項需要做最後確認，但我沒有甩開他的手。隨便堆疊在桌上的紙、指甲下方長出的肉刺，我此刻一點都不覺得它們礙眼。

吃完晚餐分開前，白榮燦把護唇膏放到我外套口袋裡。他說：「明天見。」我也舉起手跟他說再見。坐上車後我掏出護唇膏。因為很喜歡留在嘴唇上的草莓香氣，我又忍不住塗了好幾次。

＊＊＊

隔天，因為我很在意昨天對許主任說的話，我在她位子上放了約半個手掌大小的手作餅乾。原本還考慮要不要留張紙條，但覺得這樣做好像有點誇張了，最後只是傳了個訊息給她。幸好許主任的表情看起來沒有受到很大的傷害。

白榮燦一整天在我的位子附近走來走去，然後一直丟堅果、紅蔘精、優格——優格這選擇好多了——等各種食物給我。沒有馬上吃掉的東西我都會放進抽屜裡，因此抽屜裡立刻就堆滿了各種零食。感覺我好像變成了一隻被精心照顧的松鼠。

塗護唇膏了嗎？

嗯。

*^^*

我伸長脖子仔細盯著螢幕看。這個笑臉表情符號有什麼含意？是想要接吻嗎？在兩邊放上花，應該就是這樣。我也要傳一樣的嗎……想著想著，因為太害羞了，所以我把花刪掉，只傳了兩個笑眼符號。

傳完之後，我又再次仔細盯著螢幕。這樣應該可以吧？看來我應該要搜尋一下怎麼樣自然地使用表情符號了。

晚上一起看電影嗎～？呵

他接下來的回答讓我忍不住噗哧笑出來。

電影你選，我來爆爆米花。

嗯～

那天白榮燦選了一個看似甜蜜的愛情電影。我知道他是驚悚片狂熱份子，但因為……是跟另一半一起看，才特地選這個的嗎？總之按照約定，我爆了爆米花。我把爆米花裝滿在大盆子裡，白榮燦就像小孩一樣，開心地抱著它看電影。

我錯怪他了，電影才開始三十分鐘，我就已經淚流滿面了。這部電影太悲傷了。白榮燦坐在我旁邊，一直在幫我擦臉。

「唉唷，誰知道你這麼愛哭呢，是誰弄哭我的賢秀啊。」

因為他就像是在哄小孩一樣輕聲細語地說話，讓我覺得更難過，又開始大哭起來。我明明很討厭看電影看到哭。特別是討厭在別人面前哭，所以我堅持的原則之一是絕對不去電影院看悲傷的電影。

「唔、嗚嗚、我不喜歡哭，所以不看悲傷的電影……」

「嗯，我知道。」

努力擦乾眼淚的我聽到白榮燦這麼一說，我就停止哭泣了。他說什麼？我輕輕推開把我抱在懷中的他。

「你怎麼知道？」

「你在很久之前的公司聚餐上說過啊。不記得了嗎？你不是說因為不喜歡哭，所以不會看故事很可憐的紀錄片，也不會去電影院看悲傷的電影。」

我呆住張開嘴回想。這麼一想，真的好久之前……好像是在我們都還沒當上組長之前。那時候的白榮燦沒有喝醉嗎？

「你還記得？等等……你記得，然後還故意挑悲傷的電影嗎？」

我覺得很荒唐，但是他聳聳肩，一副像是在問有什麼問題嗎。那個樣子非常討厭。

「我看到你哭的樣子就會硬……」

看到他嘻笑的樣子，我就更是忍不住了。我將本來抱著的抱枕壓到他臉上，但就算這樣也不能消除我的怒火。我整個人騎到他身上，然後用抱枕一直打他的臉。

「你這個變態！你這個該死的變態！」

就算聽到我說他變態、就算臉一直被抱枕打，白榮燦也不知道在開心什麼，一直笑個不停。即使我哭到鼻子都紅了，最後也無言到笑了出來。

「但是賢秀，我好像真的是變態……被打還這麼開心……」

他拉著我的手，接著我的手指碰觸到一個厚實的觸感，讓我驚呼出來。

「唉，真的是……」

我彎下腰親了他。看來好像只能放棄讓腫脹的嘴唇復原了。

＊＊＊

白榮燦告訴我幾個韓國最適合衝浪的地點，還有他自己住過最棒的飯店，還給了我那邊的美食餐廳名單。只要討論好出發時間，其他的事情都全部交給他負責計劃。我對海邊旅行跟衝浪都是個門外漢。但是，看到他給出的名單，我似乎就不用特別去擔心了。

看到一整天都很興奮的白榮燦，我心情也變得很好。買了一樓咖啡廳的巧克力給他，白榮燦就開心得笑到眼睛都看不見了。

之後，我們週末就照著計畫去衝浪旅行了。是個陽光刺眼、晴朗、涼爽但不冷的一天。

「賢秀，起來了。」

他溫柔叫我起床的聲音。還有觸摸著臉頰的手，眼皮上的嘴唇觸感。我慢慢張開眼，就看到白榮燦的臉。他把手伸過來，幫我解開安全帶。

「去上個廁所然後吃飯吧。」

「已經到服務區了？」

我揉一揉還沒睡醒的雙眼，看向窗外。白榮燦先下車，接著走到副駕駛座幫我把車門打開。

「好冷……」

「因為你剛睡醒。去吃個熱騰騰的烏龍麵吧。」

「我想吃紫菜飯捲……」

「好啊，也吃紫菜飯捲。」

白榮燦幫我整理了額頭上的瀏海。我注意了一下四周，但是這種程度的動作應該沒關係吧……而且四周也沒人……他的眼神非常深邃。就在我覺得這樣對看很害羞的時候，白榮燦突然把我戴在頭上的毛帽往下拉。

「耶，電燈泡！」

「喂！」

「耶，電燈泡」這是白榮燦第一次看到我戴薄毛帽時發明的遊戲。是把我戴在額頭上寬鬆的棉毛帽用力往下拉，蓋住我的眼睛，然後逃跑的遊戲。

這次也一樣聽到他一下子就逃跑的聲音，但因為眼睛被蓋住，沒辦法馬上追上去。我把毛帽脫掉拿在手上，然後才追上去。今天要是抓到他，是不會只打一下屁股就算了的。

剩下的路途由我來開車。白榮燦坐在副駕駛座老老實實地……睡覺……假裝睡覺，然後一直倒到我的膝蓋上面。因為我知道他是故意用他堅挺的鼻頭去碰觸我大腿間的敏感部位，所以我就用手肘去捅了他的背。

白榮燦說秋天正是衝浪的季節。雖然去的路上我還很擔心，風這麼冷，進到海裡面不會冷嗎，但是到了海邊，反而沒想像的那麼冷。

我們換上防寒衣後往海邊走去。海邊已經有一些在進行衝浪培訓的人。

「我們也要一起學吧？」

「No、no，我來教你。」

他理直氣壯說話的樣子，不知道為什麼感覺很不可靠，於是我歪著頭。沒問題嗎？我今天應該不會掉進海裡淹死吧？因為我會游泳……

「我有證照的。」

白榮燦馬上看出我的不安，接著說道。

「喔，真的？」

「嗯。我有指導員證照。衝浪、拳擊、攀登、水肺潛水，還有什麼呢？」

雖然他本人輕描淡寫地講，但我已經目瞪口呆。

「這麼多？證照？」

「無聊的時候就一個一個去學，然後就累積這麼多了。總之，想學什麼就跟我說。來吧，儘管相信我，請跟我來吧。」

白榮燦果然有符合「我有證照的」這句話，從頭到尾教了我所有的事情。光是在腳能碰觸到的淺灘上移動，都比我想像的還要困難。每當我要摔倒的時候，白榮燦就會在旁邊抓住我。

「慢慢來、慢慢來，時間還很多。」

我抬起頭看向天空。就像他說的，到太陽下山之前還有很多時間的樣子。我深深吸了一大口氣，然後再次把身體交給衝浪板。

「啊，成功了！」

白榮燦開心的聲音從我背後傳來。雖然是很小的浪，但我還是感覺到身體飄浮起來。原來就是這種感覺啊。站到搖晃的水波上的感覺。

「哇，我的小貓咪根本就是選手嘛，你是天才嗎？」

已經摔倒十幾次，好不容易才勉強成功一次，白榮燦卻很誇張地稱讚。我想罵他，叫他不要笑，但我忍住了，然後再次抓住在衝浪板上的重心。

「我花了一個星期的時間才成功站起來。」

我很驚訝他接著說出來的話，所以把頭轉了過去。這麼喜歡運動的白榮燦？

「真的？」

「來，肩膀放鬆。右腳稍微往後。」

聽他轉移話題，就知道是在說謊。但畢竟是為了鼓舞我的士氣而說的善意謊言，我這次就沒多說什麼了。

我在沙灘上稍作休息的時候，白榮燦說要增強我的意志，就一個人拿著衝浪板往海裡去了。他跟隨著海浪挺起身子並乘著浪潮，衝浪板以Z字型衝破洶湧的海浪。

我不自覺地出神看著他的樣子。白榮燦身穿貼身的黑色防寒衣示範衝浪的樣子，跟海邊升起的炙熱太陽非常相配。他看起來就像是跟海浪在玩遊戲一樣優游自在。旁邊聽講習的那群人也都發出驚嘆聲。

看到乘風破浪的白榮燦我不禁思考，或許我很害怕秋天結束，就像是提早在害怕一個季節過後襲來的失落感。

但是白榮燦說得沒錯，我們還有很多時間，不用急。連寒流都還沒來就已經在擔心冬天，那麼不就白白浪費掉現在的溫暖天氣了嗎？

我對著在衝浪的白榮燦揮手。我遠遠看到他開心地笑得眼睛都看不見了。耳邊好像可以聽到他「嘻嘻」的笑聲。

我們一直衝浪到太陽下山，然後立刻回去住處。我們放著買來的一堆肉不管，忘記海浪也忘記飢餓，一直纏綿到深夜。白榮燦做愛的整個過程一直跟我面對面，將我好不容易復原的嘴唇親到要腫起來。

海邊的月光特別溫暖。微微開啟的窗戶外面，一整晚都傳來被水弄溼的落葉味道。是深秋的味道，是我們的關係變親密的味道。

＊＊＊

隔天從海邊回來的時候媽媽出院了，我去阿姨家幫忙整理房間。在大家忙成一團時，我趁隙偷偷在媽媽的皮包裡塞了十張五萬韓圜[4]的鈔票。要是被媽媽看到，她應該又會自責自己又跟兒子拿錢。

我跟媽媽還有阿姨三個人一起吃飯時，阿姨說希望我能快點結婚。

「再怎麼說，有結婚還是比沒結婚好。你也沒有兄弟姊妹，沒有可以依靠的地方。」

什麼依靠，我對阿姨講的話似懂非懂。

「為什麼又在說這個。賢秀他很聰明的，會自己看著辦。要是有想要娶，早就

4 譯註：五萬韓圜約一千兩百五十元台幣。

娶了。」

媽媽很快地插話進來，替我辯解。我則是看著阿姨苦笑。

雖然關於結婚的話題到這裡就結束了，但我反覆思考阿姨說的那句「依靠的地方」。我腦海裡浮現的是白榮燦的樣子和他巨大的手。

我突然變得很好奇。他有多倚賴我？我可以成為他的避風港嗎？

在我回家的路上，白榮惠打電話過來。我以為一定是要說關於朴原浩的事，但是她說出來的話讓我很意外。

——那個，如果……今天有空，要跟我還有我哥一起吃晚餐嗎？

不是白榮燦而是他妹妹找我吃晚餐，讓我感覺有點尷尬。也有可能是因為才剛跟家人討論結婚的事情，感覺更是如此。

「我是沒問題，但請問是有什麼事情嗎？」

電話那頭的沉默傳來一股很沉重的感覺。難道是白榮燦出了什麼事嗎？正當我覺得很不安的時候，再次傳來了說話聲。

——今天是我們媽媽的忌日。

到了靈骨塔的時候，正好開始下起綿綿細雨。昨天都還是好天氣，為什麼偏偏選在今天這種日子下雨呢？我抱怨著天氣，然後走下車。我拿出後車廂的雨傘，撐著雨傘往靈骨塔入口走去。入口處站著一個跟白榮燦很像的女生，她看著我露出有點苦澀的笑容。

白榮燦正在跟管理員講話，所以我跟白榮惠坐在大廳沙發上等。因為實在太尷尬，我去自動販賣機買了杯咖啡給她。她低頭道謝的樣子，不管怎麼看都跟白榮燦是同一個模子印出來的。

「謝謝你來。」

「別這麼說。既然是很熟的同事，那父母親的忌日就該來看看。我也想過要來見一次面。」

其實我一邊說著也一邊覺得自己的說詞很不自然。又不是葬禮，是忌日……白榮惠尷尬地笑一笑後搖了搖頭。

「請不要擔心。你可以不用避諱，我跟我哥關係很好的。」

「……哦。」

原來她已經知道我跟白榮燦的關係。雖然有點害羞，但我同時也很感謝她這樣體貼委婉地告訴我。

「每次都只有我跟我哥兩個人。但因為今年哥哥好像有點辛苦，所以……很抱歉。」

「不會不會，這沒有造成我的麻煩，所以妳千萬不要擔心。我是真的想過來看。直接講的話好像有點那個，這次是託妳的福才能順利成行。」

此刻我的笑容才終於變得自然。跟白榮燦很像的妹妹，好像也是我不認識的白榮燦的一部分，感覺很奇妙。

沒過多久，白榮燦從管理室出來了。他看到我似乎有點嚇到，立刻就看向他妹妹。

「我跟她說我想要來。」

我擔心他會罵他妹妹，所以像是要阻擋他一樣立刻走上前開口說話。白榮燦寬厚的肩膀放了下來，然後向我走來。他將手搭在我的肩膀上，而我就這樣抱住這個搭上來的重量。我輕輕地拍了拍他的背，白榮燦的手就出力抱緊我。

走出靈骨塔後，我們三個人去附近喝酒。白榮燦的妹妹比講電話的時候更愛開玩笑、更活潑。他們兄妹兩個人將我夾在中間捉弄的樣子根本一模一樣。但是，我知道他們兩個人是因為顧忌我，才故意假裝出很開朗的樣子。很感謝他們為我著想，我也就盡情地同樂了。

就在有點酒酣耳熱之後，白榮惠的朋友——應該是男朋友——就帶走她了，白榮燦跟我則是換到喝馬格利酒[5]的店。

「我妹妹跟我很不像吧？」

臉看起來有點喝醉的白榮燦問。不知道為什麼，要是我回答說根本像極了，他好像會不開心，所以我只是隨便點了點頭。

「她應該是天才吧？還是法學院的第一名。真的非常會念書。」

「真的不像呢。」

我真心認同後，他不知道在開心什麼地笑了出來。在他想要幫自己倒酒的時候，我就把酒瓶搶了過來，然後只幫他倒了半杯的酒。

「媽媽離開後，我跟我妹有一段時間關係很差。我那時必須要養她，壓力很大，而她則害怕我會像我爸。」

我愣愣地看著白榮燦，想讓他知道我正在聽他說話。

「有時候甚至見不到面。她真的一整天只關起門來讀書，因為我很可怕。所以……」

說到一半的白榮燦把手舉起來揮一揮，像是在說「沒事、沒事」「忘了我說的

5 譯註：馬格利（막걸리）酒是韓國一種用大米發酵而製成的濁米酒。

吧」。那個動作讓我心痛。我想要知道更多他的傷痛、他的過去，這樣會太貪心嗎？還是心眼很壞呢？就算說出黑暗的一面也沒關係，我的事也都讓你知道了啊。

我伸出手握住白榮燦的手，就像他常常對我做的一樣，安穩地握住他的手背。雖然我的手比他的手還要小，但幸好我今天的手比較溫暖。本來看著桌子的白榮燦將視線轉向我。雖然臉上沒有任何笑容，但他今天沒有讓我感覺到任何壓迫感。他深深吸了一口氣後吐了出來，接著繼續說。

「幸好我出門去活動身體就不會再胡思亂想。而且如果我一直在家，榮惠就連出來喝水都不會。我媽離開之後有一段時間都是這樣。」

他本來想拿起馬格利酒的酒杯，但改拿起水杯一口氣喝光。剛剛還有點醉意，現在看起來好像酒比較醒了。

「那時候我很常往外跑，她還以為我去了什麼危險的地方。別看她那樣，她是很膽小的。」

「這點跟你很像。」

我一回完嘴，白榮燦就噗哧笑了出來。

「是啊，我是很膽小啊。我很膽小……」

白榮燦好像要哭了，所以我把本來握著他的手抬了起來，輕輕撫摸他的額頭。

白榮燦跟我對看，然後眼睛彎成弧形，「嘻嘻」笑了出來。

這一刻，我已經期待很久了。期待成為白榮燦的家人。

＊＊＊

跟白榮燦開始「談戀愛」後，我也再次意識到我有多麼不善於處理人際關係。但是白榮燦卻用驚人的耐心等待我並且教導我。我後來才知道，我沒有真正地談過一場戀愛。

如果三更半夜很想念對方，就可以打電話給對方。

如果想要親吻對方，就可以先主動靠近。

如果吃醋了，就可以幼稚耍任性。

如果很累，就可以大聲哭鬧。

他一個一個地教我，我敢保證，他是我遇過情感最豐富的人。我從白榮燦身上學到，有想要倚靠別人的心並不是丟臉的事情。雖然我還不清楚戀人之間該放下多少的防備才好，但就算搞不清楚也沒關係，而這也是我學到的東西。

白榮燦就像一個巨大的季節。我遇見了一個叫做白榮燦的週期，學會了在孤獨的時候穿上衣服；學會就這樣展露曾感到丟臉的真實自我；學會在讓人感到害怕的目光中撐開雨傘。

「榮燦，請待在我身邊。」

我說。躺在我身旁的白榮燦也跟著我說。

「賢秀，請待在我身邊。」

他說。

「賢秀，請你要待在我身邊。」

我很謝謝他說出這句話，因為他不是說「我會待在你身邊」。這就像在證實，不是只有我需要被他保護。

不知道金部長是不是在我不在的時候有跟其他人說過，因為在那之後就沒有人討論有關我被挖角的事情了。同事們就像是什麼事情都沒有發生過一樣地跟我相處，我也就不用再提了。

米蘭時裝週出差的日子近在眼前。新的一期截稿期也一起到來。為了配合時程，去出差的小組要直接從義大利發稿，然後進行剩下的採訪後再回來。

出差小組第一次開會的那天，我一進到會議室，白榮燦露出的表情，只有我一個人看到簡直太可惜了。他張大嘴巴抬頭盯著我看，別提有多可愛了，我都想試著把原子筆放進他的嘴巴了。

「啊，真是的，原來我還沒說啊。看我這老糊塗……徐組長也會一起去。這次的採訪很重要，但因為主管人數不足才特別請他去的，千萬不要吵架。尤其是白組長，知道了嗎？」

「是。」

金部長一說完白榮燦才回過神來，他立刻回答後把嘴巴緊閉了起來。看他臉變紅的樣子，我在心裡暗自咂嘴。太明顯了啦，太明顯了……

「來，現在會議開始。」

我壓抑著自己一直想要上揚的嘴角，手裡緊握著筆。老實說，我很自豪且很開心能嚇到白榮燦，我的心情開心到就像是可以在椅子上蹦蹦跳跳。我一稍微抬起頭，看到白榮燦也似乎因為忍笑而表情變得很不自然。如果再繼續看下去我可能就會先大笑出來，所以我默默地又把視線往下看。

會議結束後，我拿著保溫瓶走出辦公室要去買咖啡。我按下電梯按鈕等待電梯的時候，廁所的方向突然傳出「呃啊啊啊啊！」的怪聲。是白榮燦的聲音。接著還傳來像是在運氣般「呀呼！呃喝！哈！嘻喝！」的笑聲。真是個像隻虎多力的傢伙。

在電梯門打開之前，我因為要忍笑一直假裝摸著下巴，用手遮住嘴巴。

我突然想起來，原來白榮燦在取笑我的時候就是這種心情，所以才會一直這樣對我開一些無聊的玩笑。一想到這個，我嘴角的笑容就平靜下來，但是內心卻變得很舒暢。很開心又多學會了他的感受。

＊＊＊

雖然因為收拾行李而忙得不可開交，但一早電話就在響。是媽媽。我把手機夾在肩膀上，然後把行李放進行李箱。因為行李箱沒有照我預想的樣子塞得剛剛好，心情有點不開心。

「媽，嗯。飯呢？啊，出國出差過一兩次了？沒事的，不用擔心。到那邊再打電話給妳。嗯，幫我跟阿姨問好。」

我以迅雷不及掩耳的速度講完電話後，浴室方向傳出「鏗啷」的聲音。我嚇了一跳後跑了過去。

「賢秀……」

白榮燦在浴室裡，下巴沾著刮鬍泡，一副哭喪的臉站著。因為把手斷裂而掉落的漱口杯和牙刷「們」在他腳下散落。我立刻抓著他的手臂檢查。

「沒受傷吧？沒事吧？」

我一邊問一邊用眼睛找尋有沒有哪裡受傷。白榮燦用全世界最可憐的表情點了點頭。下垂的眉毛還有沾著泡沫無力垂下來的嘴角，完全就像是隻嚇壞的黃金獵犬。

「給我吧，我來幫你。」

我從白榮燦的手中拿走刮鬍刀。我一隻手抓住白榮燦的下巴，為了不要刮傷他，我小心翼翼地移動著刀片。隨著泡沫越來越少，白榮燦可憐的表情也慢慢地回復過來。他的視線一直緊跟著我的眼睛。

全部刮乾淨了之後，我幫他擦掉泡沫，然後在他的屁股上啪啪拍了兩下。白榮燦為了回報，用他的嘴巴像是蓋章一樣地在我的額頭上按壓了一下。

「快點準備吧，要來不及了。」

「嗯。」

我稍微整理一下碎掉的東西後走出浴室，再確認一次清單，連續確定兩次沒有遺漏的東西後，我才輕輕嘆了一口氣，然後坐到床上。

這次截稿期會在國外度過。一想到這個就覺得很奇妙。出差人員有我跟白榮燦，還有——一點都不熟的——三位採訪組人員。其實需要雙腳辛苦奔波的採訪工作，採訪組會全部完成，也沒有特別辛苦的工作……但是為什麼我會這麼緊張呢？我吸了一大口氣後吐出來。

「要走了嗎？」

一轉眼已經換好衣服的白榮燦走到我面前。他伸出手，而我握住他的手。我們一人拖一個行李箱出門。玄關門關上前，看見地板上整齊擺放兩種尺寸的鞋子出現在眼前，我忍不住笑了一下。

「去吃早餐吧，我好餓。」

「沒時間了，我買三明治給你。」

「我吃飯很快……」

「不行。」

我們一邊等電梯，一邊爭論早餐的事情。搭上電梯下樓時，爭論去機場路上要聽的音樂。一想到我跟白榮燦會這樣一路吵到義大利，我的頭就開始痛。

「賢秀。」

我發動引擎後，坐在副駕駛座的白榮燦叫我。我踩了油門，瞥了他一眼。

「嗯？」

「你今天非常可愛又帥。」

看到他滑頭滑腦地笑著，我也噗哧笑了出來。

也許去到義大利、從義大利回來、明年、後年、升到部長、室長的位子後，我們都會繼續吵下去。我可以賭上我的名聲做保證。

我在想，也許白榮燦是我的相反詞。

雖然從頭到腳都很不一樣，但因為我們有了彼此，才能確定彼此存在的關係。

換句話說……就像是獨一無二的一對。

「你也是，今天非常的帥。」

我當面回答他。車子剛好開出停車場，陽光從車窗外透進來。白榮燦看著我，在我旁邊笑到眼睛瞇了起來。

我一直以為你只是像面鏡子一樣，一直在對面看著我，但是我再次發覺到，你其實一直以來都是並排站在我旁邊。

「榮燦。」

「嗯。」

「我愛你。」

聽到我的告白，你笑得更開心了。
這世界上我最完美的另一半。
我的完美戀人。

FUCK-PECT BUDDY

09

【#FF0033】

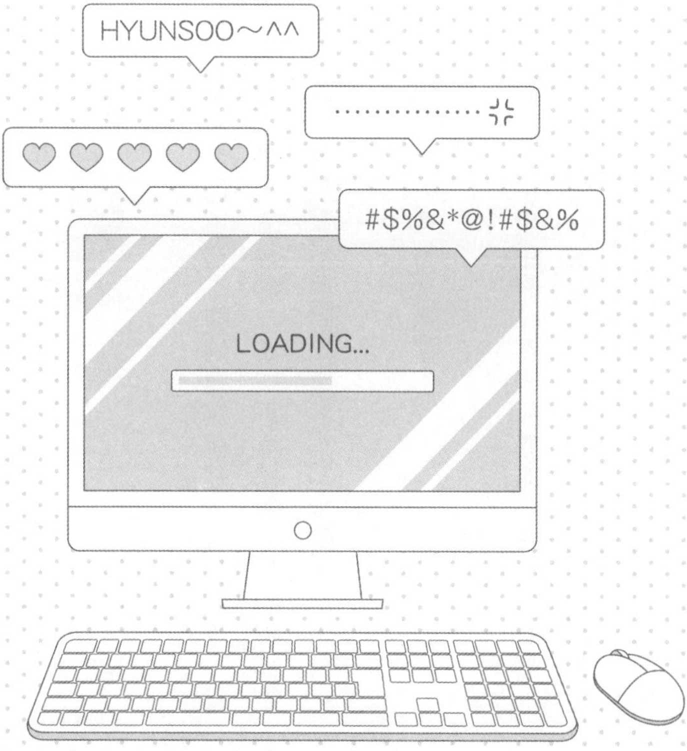

BAEK YOUNGCHAN × SEO HYUNSOO

星期天早上的陽光特別地緩慢。我也跟著變得很慵懶，像是融化般地沒勁。當我把臉貼在枕頭上磨蹭的時候，感覺到了背後的重量。我把眼睛緩緩閉起後睜開，確定一下我旁邊的人。

「榮燦。」

雖然用了沙啞的聲音叫他，但他一動也不動。

「小老虎。」

我用了別的稱呼叫他，這時我背後的那個重物才開始緩緩挪動，有了反應。我立刻把脖子向後縮，讓我的臉跟他的胸膛間空出距離。如果不這樣做，我的臉可能又會被他壓到要窒息。其實就在幾天前，我才被那個胸膛壓到差點要斷氣。

「起床吧，小老虎。」

我輕撫他的背。白榮燦挪動著身體，然後鑽到我懷裡。

「我要再睡一下……」

撒嬌的白榮燦身上傳來像是烤餅乾一樣，甜甜的、香氣很濃的體味。沒有噴上Mister Marvelous香水，身體原本的味道就是這麼無害。又暖又香、對人毫無傷害性的單純味道。

「不是說好要去看電影嗎，快起床吧。」

我輕撫了一下他光滑的後頸和肩膀，哄了他一下後，他的頭就在我懷中磨蹭。用頭畫圓圈的樣子看起來很滑稽。這又是什麼惡作劇吧。

「你在幹嘛？」

「小老虎轉象帽[6]。」

看來他很喜歡他的暱稱。不對，比起用名字叫他，他好像反而更喜歡被叫作小老虎。

就在我懷中磨蹭了一下之後，他臉變紅然後把頭抬了起來。眼睛彎起來笑的樣子一點都不像在調皮，也沒有沉重的感覺。

「Good morning.」

我知道他只會對我露出這種表情。這讓我又意識到，我現在一個人獨占了白榮燦。

「Good morning.」

我不再默默沉醉在勝利的喜悅中，而是盡可能露出了跟他差不多的笑容。因為我現在不再害怕表露出這種心情了。

6 譯註：跳韓國傳統農樂象帽舞時，會轉動戴在頭上的象帽上的飄帶。

一頭亂髮的白榮燦，老實說在我看來還是很帥。絕對不是因為他在幫我做「奶油起司雞蛋吐司」。也有可能是因為今天是星期天，不用去上班，而且我們中午前會去看電影然後去採買，讓我心情很好的關係。

真的是很不可思議。我跟別人一起住會感到很有壓力，所以我從來沒有過室友，但是跟白榮燦一起生活，一點都不會不自在。

當然，白榮燦跟我徹頭徹尾大不相同。煎一顆蛋，我會夾走蛋黃，他會夾走蛋白。洗澡的時候也是，白榮燦會先洗手跟腳，我則是先洗身體。但是，說不定這樣跟他反而可以過得更自在。筷子不會敲到，幫彼此洗身體時也會很順。

而在最後決定的關鍵時刻，他也都會配合我。在摺洗好的衣服的時候，他會跟我一樣抓角度摺；整理領帶的順序也完全配合我；各自使用各自的枕頭；現在放假也不會睡很晚。

白榮燦只穿著一條內褲，用熟練的手法翻著吐司，不知道是不是感覺到我在看他，所以朝我看了過來，跟我對看後就笑了出來。他那個表情，似乎是知道我的心境。沒錯，你是對的，你全都是對的。

我一邊吃吐司一邊確認預訂的電影票時間，也打電話去附近餐廳再次確認好訂位。看完電影吃完飯，然後稍微逛個街後就回家。光是這些計畫，就已經讓我很開心。

「對了，我看完那本書了。《手指與手指觸碰時》。」

白榮燦咬著吐司說道。他說的是我不久之前買的書。因為我說這是我喜歡的作家，他就一直很好奇，最近這幾天就一直拿著那本書不放。

「果然是小貓咪喜歡的類型。沒有任何多餘的內容，故事情節也很俐落。」

他自豪的臉就像是完成了一項作業，很可愛。能跟他多分享一件我的事，反而是我該感到滿足才對。我伸出手輕輕撫摸他的一頭亂髮。

「是嗎？唉唷，好乖喔，讀得好。」

他一被稱讚後就張嘴笑到眼睛都看不見了。顴骨向上飛起來，臉變得圓圓的。那模樣非常純真，讓我很想一直稱讚他。這可不能養成習慣啊……但是看到他握著我的手，親吻我的手指後，我的心就融化掉了。

「……啊。」

融化的不只我的心。

我從位子上站起來，白榮燦的眼睛就瞪得圓圓的。不管了，我抓住他的下巴親了下去。奶油、起司和糖的香味跟甜味傳到我的舌尖上。等等，也有可能從我這邊傳過去給他。我突然間變得迷茫。這小子該不會趁我不注意，在吐司裡面放了什麼吧？雖然現在才在懷疑，但我也覺得沒關係。

我的吻成了導火線，我們在廚房身體纏綿。我手抓著餐桌，背後被抽插著。白榮燦的腰「啪、啪、啪」撞擊的時候，餐桌上的碗盤匡噹匡噹地響。吃了一半的吐司餐盤被翻得亂七八糟。雖然餐桌上被弄得一團亂，但也沒關係了。

「親、親我……」

我轉過頭去哀求他，他立刻抓住我的下巴親了下去。嘴巴雖然很溫柔，但腰的動作卻一點也不。白榮燦知道這樣讓我非常興奮嗎？我們的嘴巴伴隨呼出的溫熱的氣息分開了。

「我愛你。」

不管他知不知道，這都無所謂了。白榮燦是這麼的喜歡我。

「我愛你……」

他在射精同時說出的情話，不管什麼時候都能刺激到我。讓我愉悅地達到高潮。

我在洗碗時，白榮燦走到我後面。剛洗完澡的他，身上散發出我的沐浴乳味道。每一個呼吸、從背後環抱住我的手都很適合這個休假日，非常甜蜜。

「那個啊，我很好奇一件事。」白榮燦說。

看他講話賣關子的樣子，一定是剛剛洗澡的時候都一直在好奇。我一邊洗碗，頭微微向後轉。同時，我們的嘴巴也親了一下。現在這幾乎是反射性動作了。

「好奇什麼？」

「我的小貓咪是看上我什麼才跟我交往的？」

我苦惱了一下。看上他什麼才跟他交往的？我從來沒想過這個問題……但我絕對沒有討厭白榮燦，只是沒有特別去想過這個問題。不就是喜歡才在一起的，難道一定要有特別喜歡什麼地方嗎……

但如果我回他「沒有看上什麼」，那他可能會受傷。我轉頭看向後面，掃視了一遍白榮燦的樣子。在內褲某一側雄赳赳的肉棒特別吸引我的目光。如果我開玩笑說看上「肉棒」，那他一定會鬧脾氣。我滿臉笑容地回答他。

「嗯，因為你很善良。」

白榮燦像是個傻瓜一樣很滿意地笑著。有這麼開心？

「呼，我還以為你會回答雞雞。」

看他認真地放心下來、鬆了一口氣的樣子，我立刻抖了一下。啊，還好沒有開玩笑。

我乾咳了幾下，然後整理洗好的碗。用毛巾擦乾手後，把穿在身上的T恤脫掉，丟到洗衣機裡面。他一臉笑迷迷地繼續跟著我的屁股走，我回頭看向他。

「那我呢……你是看上我什麼才跟我交往的？」

「這個嘛？我從來沒想過。我一次都沒有去研究過這個問題。就是因為喜歡所以才在一起的啊。」

我的眼睛差點驚訝得掉出來。趕快把不自覺張開的嘴巴閉起來。

「難道你是有什麼特技嗎？」

「什麼？」

「沒事。」

我揮揮手，然後把內褲也脫掉，放到洗衣機裡。同時，白榮燦的手突然抓住我的屁股。

「小貓咪的屁股真棒……好像兔子的屁股……」

是啊，白榮燦不可能放過裸體的我啊。貓咪就是貓咪，又說什麼兔子。我呈現半放棄狀態，檢查洗衣機裡面的衣物，然後就啟動洗衣機。在這種時候，白榮燦的手卻像被黏在我的屁股上，緊貼著不放。

本來要走進白榮燦剛使用完、充滿蒸氣的浴室，但突然覺得很鬱悶，所以就停了下來站著。

「你是怎樣……就只喜歡屁股嗎?那中間呢?」

「中間怎樣?」

我不顧丟臉地問，但我這該死的另一半卻裝不知道，還嘟著嘴看向我的下體。

我的火氣一下子衝上來。對啦，你的就是很大。

「我的也絕對不算小，好嗎?」

是你這傢伙太超過、太誇張、太過分地大了，不管怎樣，客觀來講我的也不算小。

「那可以幹嘛，又沒有地方可以用。」

看他這樣冷冷地回答，讓我更火大了。但是，如果現在生氣就輸了。我沒有生氣，而是嘴角上揚、咧嘴而笑。接著我用手捧住就在我面前的白榮燦臉頰。

「怎麼會沒有地方可以用?」

我一派輕鬆地笑著，然後就這樣把拇指放到白榮燦的嘴唇上，用力按住然後放開。然後手指輕輕按住他的嘴，從左到右抹過去，接著輕輕拍打他的臉頰兩下。

白榮燦不會不明白這是什麼意思。如果有看他臉變紅的樣子，就知道他懂了。看他用一隻手搓臉的樣子，就知道我給他完美的一記了。

「唉……徐賢秀……」

「幹嘛？」

「你真的很色。」

我的身體被一把拉了過去。我還來不及反駁他，白榮燦就一下子把我的身體抱起來。將我的兩隻腳放在他健壯的肩膀上。我的視野一瞬間變得很高，差點就要跌了下來，但白榮燦巨大的手撐住了我的背。

我後來才發現到白榮燦的臉就擺在我的腳中間，讓我覺得很害羞。我的樣子就像在白榮燦的肩膀上騎著木馬，面朝前方。

「你在幹嘛！」

「想要用你的東西。」

「什麼……」

白榮燦用嘴巴一口含住我的性器。雖然我一直掙扎，但因為身體坐在白榮燦的肩膀上，哪裡都躲不了。而身體也很不爭氣地先有了反應。

「啊，唔嗯……」

我拉著他在我兩腿間的頭髮，很直接地呻吟出來。這都是因為這個姿勢想甩開都甩不了，然後白榮燦的口交技巧又非常厲害。這不是身體的錯……

「呼啊、唔嗯、嗯……我們看電影的時間……啊嗯！嗯……」

熟練的嘴暫時鬆了開來。

「那就下次再看。」

然後又再次一口含住。感覺到他的舌頭纏繞著我的性器，我又把眼睛閉了起來。

白榮燦的口交技巧本來就已經很厲害了，被舉在空中這樣子含，感覺快感變成了五倍。

總之，白榮燦現在已經徹底摸清我的身體了。他知道口交的時候要用什麼方式、怎麼樣含會讓我舒服；也都知道在什麼時候放掉，可以延後我射精的時間。

換句話說，讓我坐到他肩膀上，只靠嘴巴就讓我高潮，這件事對他來說不算什麼。過沒多久，我就胡亂抓著他的頭髮，然後射精在他嘴裡了。

「呼呼……好累……」

在興奮的時候並沒有感覺，但射完精經過幾秒之後，突然一陣疲憊感襲來。白榮燦就這樣把我抱著，一直走到床邊。他的力氣就跟大力士一樣。最近我幾乎沒有印象在家有用我自己的腳走路過。

「嗯嗯，辛苦了，我的小貓咪。休息一下再出去吧。」

我現在也已經很習慣他用像是在安撫寵物一樣的語氣哄我。白榮燦配上「喝啊！」的音效，然後把我輕輕地放在床上。當他將我放下時，床墊幾乎沒有發出任何聲音，這技術也是很了得。我拉著他的手臂。這麼一想，只有我射精……

「等我一下喔，我去拿溼毛巾。」

雖然只有我射精讓我很在意，但他的樣子看起來卻絲毫不在意，立刻站起來往浴室走去。過沒多久，他拿著用溫水沾溼的毛巾過來，開始擦拭我全身的每一處。

「洗澡很麻煩，我們擦一擦就出門吧。昨天做完愛有洗澡了，所以沒關係。」

老實說，就像他講的，我也覺得很懶。但……只有一天應該沒關係吧。感覺好像被人服侍著，所以我就安安靜靜地讓他幫我擦拭。

「下禮拜要不要去你媽媽的店裡玩？」

白榮燦問。媽媽最近在阿姨介紹的服飾店工作。白榮燦只要有空，就想要去那邊看看。他看起來比我還要喜歡我媽媽，我媽媽好像也很喜歡白榮燦，也許她也已經察覺我們的關係了。

「如果你覺得麻煩就不去了。」

他會接著這樣說，也是怕我可能會覺得有壓力吧。我像是病患一樣被服侍著，一邊輕輕撫摸著他的頭。

「不會，不會麻煩。下禮拜一起去吧。」

我一說完，他就一臉放心地點了點頭。

白榮燦知道我喜歡被他口交。

白榮燦知道我懶得現在去洗澡。

白榮燦知道我希望今天的約會能照計畫進行。

白榮燦知道雖然我覺得媽媽是個負擔，但依舊想要負起責任。

他似乎已經看透我的腦海裡想什麼，就算這樣，他還是一直對我充滿好奇。所以才會去閱讀我喜歡的作者的書、跟我一起看我喜歡的電影、想要見我的家人。

我覺得這真的很奇妙，為什麼他會這麼樣的渴望我？

那天看的電影，是我跟白榮燦都很滿意的優秀作品。餐廳的氣氛跟食物水準也都很高。

吃完飯後我們去了咖啡廳聊天，因為覺得馬上就回家有點浪費，所以還去逛了街。逛街本來不在計畫之中，但是有看到幾個吸引我注意的飾品。

我選了幾條適合送給阿姨的圍巾。雖然阿姨正照顧著媽媽，但她絕對不會跟我拿錢，所以我偶爾會送這類的禮物給她。送禮物是用來洗掉我的罪惡感最好的方式。就算不能付出心力，但還能付出金錢。而且也快要聖誕節了。

我突然想到了榮惠，所以也選了一條看起來比較年輕的。因為幾天前，她傳了一則訊息說「不要太勞累了，chill一下吧」然後附上了一張蛋糕兌換券給我。我聽白榮燦解釋後才知道「chill」是要我好好「放鬆」一下。

榮惠對我就像對自己的親哥哥一樣。有時候跟白榮燦一起，三個人見面也不會尷尬。因為我還是第一次被毫無血緣關係的人這樣子照顧，每次都不知道該怎麼應對，就只能選擇使用禮物攻勢了。

「為什麼要買女生的圍巾？」

「……想要給阿姨。」

「看起來不會太年輕嗎？」

白榮燦看了一下我手上拿著的圍巾後，繼續背對著我挑領帶。我內心鬆了一口氣。如果我說是要給榮惠的禮物，他一定會阻止。

『不要覺得有壓力，她是我妹妹，因為喜歡你才對你這麼好的。就是喜歡，並不用硬要找理由。』

白榮燦曾經說過我送她禮物，是對她情感的回報。所以他之前也阻止我送榮惠衣服。

『我的小貓咪要是收到別人的好意，就一定要付錢才會感到心安呢。』

『當然要給錢啊，難道要白吃白喝嗎？』

『家人間不需要這樣。而且，你這是為了讓自己感到心安才會這麼做的啊。榮惠就是喜歡你，才會這樣照顧你的。』

因為正中我的要害，所以我什麼話也說不出口，就這樣過去了。

我一定要給她圍巾。所以，我這次不會再讓步的。這不是為了讓我自己心安才給的，我就只是想給她才給的。我反覆在心裡面說著。

「你跟我一人買一條這個吧。」

白榮燦拿著一條領帶說。他選的是有淡淡銀色條紋的領帶。我是不會去質疑白榮燦的時尚敏銳度。但是，我搖了搖頭，不過問題不在這。如果選了一樣的領帶，要是公司同事注意到了怎麼辦？

「……不要。」

「覺得這樣太明顯了嗎？那買不同顏色的就好了啊。」

我沒有回答，只是很果斷地搖搖頭。不久前，因為他說「想要親親」就把我拉到樓梯間，差點就被其他樓層的人看到。我沒辦法這樣膽顫心驚地生活。

「我們都交往一段時間了，也不能戴情侶都有的情侶戒……」

他的嘴唇就像拳頭一樣噘出，然後眼尾低垂，雖然他這個樣子看起來很可憐也很可愛，但我絕對不會讓步。我搖了搖頭，硬是把視線移開。我一往旁邊移動一步，白榮燦就立刻靠近一步。

「我想要這個領帶……」

我偷看了一眼悶悶不樂的白榮燦。如果他頭上有跟動物一樣的耳朵，那應該會是垂下來的。啊啊，那個可憐又可愛的臉……就算這樣，我也不能讓步！

「絕、對、不、行。」

我每個字都加上了斷音，非常明確地回答。我咬緊牙根想著，我這次絕對不會答應他的請求，接著挑選起其他的領帶。我感覺到白榮燦在旁邊氣呼呼的樣子。

「如果你不幫我買，我就要躺在這裡喔。」

「隨你便。」

我冷冷地回答他後就往櫃檯去。不可能有人會在商場正中間躺下來……吧……會這樣想的我真的是個笨蛋。白榮燦真的有可能會大字型躺在地板上。我嚇了一跳後，丟下正在挑選的東西回頭看白榮燦。

「喂！你在做什麼！」

白榮燦好像沒聽到我的話，就這樣躺在地板上，呆呆地看著天花板。我那一瞬間很害怕，擔心那傢伙不會真的出了什麼事了。但是，看到他用世界上最討人厭的表情吐舌頭看向我後，我內心不禁慶幸他看來頭腦正常、身體也沒出現異常。我討厭就這樣鬆了一口氣的自己。

路人經過我們的時候都在偷看我們。真的是丟臉到快讓我瘋掉了。我拉著白榮燦的手，但他一動也不動。

「神經病，起來！你不起來嗎？那我要把你丟在這了喔。」

「嗯嗯，地板好冰……」

我硬是把他的手放到肩膀上，想把他撐起來，但不知道他是不是鐵了心要這樣做，所以放鬆全身的肌肉，他也因此變得非常地重。每當我要扶他起來，他就像張垂下去的皮，一直往下掉。

我看到遠處有個像是員工的人走了過來，感覺自己的羞恥心似乎已經到了極限。真的是在擾民……

「啊，好啦，買給你！買給你！買給你總可以了吧！」

我大喊出來後，白榮燦就開心地露出笑容，立刻站了起來。他泰然自若地拿著兩條領帶，然後遞給走向我們的員工並請他結帳，我忍不住懷疑他怎麼有辦法這麼若無其事呢。

就算發火也只有我的頭在痛，是吧……我的另一半不是別人，是白榮燦。我有時候會忘記這件事……放下戒心是我的錯。我在旁邊請店員另外幫我把這些圍巾包裝成禮物。

「我們兩個人終於有情侶小物了。」

看到他接過紙袋，滿臉笑容的帥氣樣子，實在沒辦法讓人討厭。是啊，不是有句話是「憎恨罪但不要討厭美貌」，不對，是「不要討厭罪人」。我嘆了一口氣，但不知道白榮燦在開心什麼，一臉笑嘻嘻的。

「有這麼開心嗎？」

「嗯。」

「這麼想跟我用情侶領帶？」

「嗯。而且我還很想要把牙刷，甚至是鞋子，通通換成跟我同款的。」

然後他又再次一臉笑嘻嘻的。如果是白榮燦，好像真的會這樣做，讓我有點不寒而慄。

＊＊＊

白榮燦跟我雖然變成情侶，但休閒之都的同事都不知道這件事。我們的行為就跟平常一樣。我有時候會對白榮燦發火，白榮燦有時候會欺負我。

在只有兩個人加班的日子，雖然會偷偷在沒人的辦公室裡纏綿，但現在次數已經少了很多。反正都是住一起，回家舒服在床上做更有效率。

那天就跟平常一樣，我跟白榮燦工作的時候都在吵架。開車回家的路上，也繼續脣槍舌戰。每次吵架的原因都是些不起眼的小事。

「我就說叫許主任去做啊。許主任最近做得很好，不是嗎？」

「誰不知道許主任很有實力？是因為沒時間才這樣做的。我自己迅速處理掉比較有效率。」

今天吵架的原因是因為我的行程。只要修正幾個地方就可以的東西，白榮燦總是要我把事情交代給我的組員們。他以為我不知道他別有用心，他是吵著想要明天也一起吃晚餐。

但我現在也知道怎麼樣去安撫這個吵鬧任性的虎多力了。

「……週末去找完媽媽就順便去海邊吧，當天來回。」

「真的嗎？」

「嗯。」

果不其然，開著車的他臉上浮出滿滿的笑容。看到他顴骨鼓起來笑著的樣子，我才鬆了一口氣。

我是在照顧小孩，還是在談戀愛……

當我們停好車後，我本來要按電梯，但不知為什麼白榮燦沒有跟在我旁邊。

「我去拿已經送到的包裹。你先上去洗澡吧！」

他邊往樓梯的方向跑去邊喊道。雖然不知道是買了什麼，但他似乎等那個包裹很久了。我突然才想到，那傢伙分明平常都會帶我一起去包裹取物櫃的啊。但我那時已經站在玄關前了，所以也沒有再多想。

我一邊洗澡，一邊很好奇白榮燦訂了什麼東西。還好走出浴室後，就看到那傢伙在拆包裹的樣子。但是……放在箱子裡的東西就一點都不好了。

「……那些是什麼啊？」

我用毛巾蓋住下體問。箱子裡面放的是小時候在下流情色論壇上會看到的道具。一眼就看出有可怕的塑膠棒狀物、很長的鞭子、手銬、還有那個……那個又是什麼。是項圈嗎？

「這是可以讓我們的關係更加親密的東西。」

「會變得親密……」

看到那個很像鞋拔的東西後，我勉為其難地回答道。他不會是要用那個東西打我的臉吧。

「我知道你想要試試看。」

「一點都不想。」

SM並不是我的興趣。不對，準確一點來說，我從來就沒有想過。說什麼打別人可以得到快感。這心理就像恐怖電影或是可怕的遊樂器材，絲毫都無法讓人理解。

「真的不想試試看嗎？你好像想對我用用看。」

白榮燦說。他的手上拿著鞭子。

「用這個鞭打我……」

我贏不了那個眼睛發亮、抬頭望著我的白榮燦。就像是躺在商場的地上，要我買領帶給他的那個白榮燦一樣的難以抵抗。

「唉……」

我搓了搓臉，搶走了白榮燦手上的鞭子。我想既然都買了，就照白榮燦想要的，狠狠抽他的屁股。如果被打到落淚，應該就會後悔了吧。

「那麼，把屁股露出來。」

「等一下。」

我把鞭子舉起來，白榮燦則握住我的手。

「要決定一下安全詞。」

安全詞……雖然不確定是什麼意思，但是大概可以猜到這個單字的用途。

「喔，是啊，要先決定。」

不想讓自己看起來像菜鳥，所以我故意假裝知道地回答。白榮燦轉動著他的大眼，陷入一陣沉思，然後馬上點了點頭，好像是已經決定好了。接著他親了我的嘴，發出啾的聲音。

「親親。」

什麼？不是才剛親嗎？這次換我親了他的嘴。

「就用這個詞吧，親親。」

……啊，原來在說安全詞。我因為誤會而覺得很害羞。

「我知道了。現在把屁股露出來吧。」

白榮燦很興奮地「嘻嘻」笑，把褲子一下子脫掉，穿著內褲、扭動著屁股到我面前。

「也一邊罵我髒話。你罵髒話好像會很性感。嗯？」

叫我罵他……我有一邊做愛一邊罵過髒話嗎？沒錯，雖然我跟白榮燦做過那麼多次，但那些時候都不是在玩，而是真心在做……我乾咳了一下後皺起眉頭。

「……你這個發春的傢伙。快脫掉你的褲子。」

「哎呀，再更真實一點、更粗魯一點。」

趴在我面前的白榮燦微微轉過頭說道。為什麼這傢伙要求這麼多？我一怒之下，就把鞭子丟到地上。

「我又沒有做過！」

原本那樣就已經丟臉到想死了。我感覺到自己的臉變紅了，忍不住把頭低了下來。白榮燦站起來，輕輕抓住我的下巴，抬起我的頭。

我原本以為白榮燦看到覺得丟臉的我會笑得很開心。但是，在我面前的白榮燦一點笑容都沒有。

「有很多能讓我發春然後射精的話啊，叫你講你就講吧。」

他面無表情、臉色絲毫不變，用低沉的聲音，像是吟誦一般地說出這些話。那一刻白榮燦好像變成另外一個傢伙。但是，更荒唐的是，我竟然有一點勃起。

我真的要瘋了……！

白榮燦放開我的下巴，立刻變回原本的白榮燦。一看到他讓我心跳加速的發亮眼神，還有那個像是溫順小狗的樣子後，我雖然感到安心，但也覺得有點可惜。

「來，親愛的，現在你也來試試看吧。」

白榮燦把鞭子拿給我，然後做出跟剛剛一樣的表情，嘴角微微上揚。

「要不然……要我對你做嗎？」

聽到這句話的那一瞬間，我立刻回過神來。總是能刺激到我的好勝心呢，白榮燦。

我從他手上搶回鞭子。兩手抓住鞭子的手把跟末端，然後用力一拉發出「啪」的聲音，白榮燦的眼睛立刻變得又大又圓。

「竟然敢這樣稱呼我，看來要先改改你的講話方式。」

我讓他重新趴在我面前。一看到他溫順地趴著，將屁股朝向我——雖然我沒有想要插進去的意思——微妙的控制欲慢慢湧了上來。像鞭打這種小事，就讓我來對你做吧。腦中一浮現白榮燦哭哭啼啼的樣子，我就開始興奮了。

我站穩身體，腳用力踩在白榮燦背的中間。然後用手上的鞭子末端，輕輕地摩擦他的屁股。他一臉非常期待的表情抬頭看著我。我用鞭子往白榮燦的屁股「啪！」打了下去。

「啊嗯……！」

鞭子打在內褲上的聲音比想像的還悅耳。白榮燦嬌嗔的呻吟聽起來也很不錯。

「啪！」我又再打了一下，白榮燦發出更大聲「啊嗯！」的呻吟。

「被打很爽嗎？」

「唔嗯，榮燦的弟弟站起來了。主人……」

「你這個骯髒的公狗，那麼喜歡被打。」

實際開始玩了之後，我甚至在想，這種癖好好像很適合我。這次我用鞭子末端把他的內褲稍微往下拉。接著從他裸露出來的肉體「啪！」打了下去。

「啊！主人，好爽喔……」

「閉嘴。」

鞭打肉的觸感非常不錯。白榮燦把露出一半的屁股盡可能地向上抬起。

「請繼續打……」

向後看的眼睛半瞇著。看看他，不是在開玩笑，是真的很喜歡呢。

我再次抓住鞭子，故意讓它發出「啪、啪」的聲音，然後我看到內褲裡鼓起來、就像是要彈出來的勃起，可以看得出來他現在果然非常興奮。沒錯，他就是那個在我們第一次一起上床時，當我說出「要不要讓你再也不想跟女生上床呢」後，雙眼就亮了起來的白榮燦啊。

「快點、快點……」

我照著淫亂的另一半所想要的，盡情地揮動著鞭子。光用我的眼睛，就可以看到他大腿側勃起的肉棒不斷流出透明的前列腺液，可見白榮燦他有多喜歡了。

配合著「啪！啪！」的聲音，鞭子鞭打在白榮燦緊貼上來的屁股上。原本以為沒有任何贅肉且結實的屁股可能會很無趣，但是不知道是不是因為鞭子的聲音，我覺得這滋味還不錯。

「白榮燦，你怎麼可以隨便讓你的肉棒硬起來。簡直是個變態。」

「啊嗯……啊！我只有面對主人時是個變態……」

白榮燦的臉頰一邊在地板上磨蹭一邊呻吟。

「唔嗯，我好想，放進主人身體裡……」

「你那骯髒的東西，想要插到哪裡？」

啪！我一打下去，他隨即發出「啊嗯！」的叫喊聲。我瘋狂地鞭打著另一半的屁股。這麼興奮的感覺也讓我不禁思考，難道我也有虐待狂的一面嗎？

「主人，好、好痛。唔……」

「閉嘴，怎麼可以讓屌！硬起來！」

「唔嗯！啊，等等，有、有點、痛。」

過了一段時間後，我甚至聽不進去他的聲音了。鞭子鞭打在肉的觸感，讓我都忍不住忘了自己。如果知道這會讓人這麼興奮，我應該就早就做了。

「發春的公狗！」

「主、主人、親……啊嗯！」

「你這個淫亂的公狗！」

「親、親親、唔、唔嗯、啊！啊啊！好痛！唔……」

我的鞭子毫不留情，而白榮燦哭叫、掙扎著往前爬行。

「親親……唔！啊啊！親、啊！呃……親……」

直到聽到他抽泣的聲音，我才突然回過神來。

「啊。」

我趕快丟掉鞭子，然後緊緊抱住他。我在發什麼神經，竟然一時失去理智了。

「怎麼辦、怎麼辦……對不起，榮燦……」

我摸著白榮燦的臉確認他的樣子。滿是哀傷的雙眼裡充滿著淚水。該怎麼辦，應該很痛吧。實在太過意不去了，讓我滿腦子一片空白。

「親愛的，我好痛……」

「嗯、嗯，對不起、對不起。」

「哼……」

白榮燦被我抱在懷裡哭泣，在他停止哭泣前我都一直抱著他、輕拍著他。等他不哭後，我脫下他的內褲，幫他的屁股擦藥。看到他屁股上紅通通的鞭子痕跡，我都覺得痛了。

為了安撫一整晚哭鬧的白榮燦，我拆了一個他喜歡的巧克力放進他嘴裡，煮了兩人份義大利麵給他當消夜，他像是黏在蟬上的枯木（因為白榮燦比我大隻）黏著我，我整晚就這樣撫摸著他。

隔天早上，我的善良虎多力就像什麼事情都沒有發生一樣先起床，然後幫我準備了三明治。我緊抱著他的背，然後不斷對他甜言蜜語。

榮燦，我愛你、我愛你。每當這時，白榮燦寬厚的背散發出像是幸福得要死掉的幸福氣息，這個背影非常地善良、無害。

非常詭譎的是，那天負責的草案的主色調，偏偏是跟白榮燦紅腫屁股的顏色相近的紅色。一看到那個顏色，我忍不住想起白榮燦的台詞「主人，請繼續打」，然後就立刻摀住了嘴。

「組長，有什麼事嗎？」

李宥晴擔心地問道，我搖了搖頭。但是，我還是感覺到臉熱漲了起來。我只能祈禱螢幕上顯示的 #FF0033 色，看起來不要跟我臉的顏色很像就好了。

* * *

我把白榮燦買的道具藏起來。當然，我還是尊重另一半的性癖好。但是，我擔心我會再次把他的屁股打到流血。我是不相信我自己。

然後過沒幾天，我又看到那些道具了。那天因為去監督印刷，比他還要晚回家。我跟平常一樣，按著我們一起住的家——本來是我家——的玄關門密碼後走進家門。但是，跟平常不一樣的是，燈全都關起來了。

「榮燦。」

我往家裡面走進去，打開平常很少使用的輔助照明燈後，就看到坐在床上的白榮燦。那個樣子有點陌生，但是沒花多久時間我就知道為什麼會感覺陌生了。他不是穿著睡衣而是穿著西裝，而且還是全黑的。

「為什麼突然穿西裝？」

「你不是喜歡嗎？喜歡我穿黑色西裝。」

雖然是這樣沒錯……但今天是什麼日子嗎？我忘記什麼紀念日了嗎？當我還覺得不對勁而不知所措時，白榮燦向我招手。我乖乖地向他靠近，這時我才發現他前面擺著鞭子。

「你，這個……」

本來想要說話，但白榮燦用他的嘴擋住我的嘴。

我們瘋狂地接吻，不知道什麼時候我也已經光著身體了。白榮燦全黑的西裝還是一樣穿在身上。

「呼哈、唔嗯。」

白榮燦的手在掰開我後面的時候，我就在他的膝蓋上不斷磨蹭著下體。

老實說，穿著三件套黑色西裝搭配黑色領帶的白榮燦，比平常性感二十倍。用髮蠟向後梳、整齊不凌亂的頭髮，還有濃厚的 Mister Marvelous 的香味更是加分。

「快點，幹我……」

我果然比平常還要更興奮。我也不時會去注意到放在他旁邊的鞭子。雖然之前是我在揮動……

「要用那個嗎……？」

我最終敵不過好奇心，還是問了他。白榮燦的食指在我的洞口附近輕輕地揉捏，然後突然伸了進去。

「啊嗯！」

「怎樣，想要用嗎？」

「沒有，只是它就在那……邊……唔！」

白榮燦的手指技術很好，一直找到我敏感的地方，就好像手指上長了眼睛一樣。我感覺到我的勃起一直流出前列腺液，我盡量不要讓那些東西沾到白榮燦完美的西裝上。

「本來有想過要不要用，但是還是不要好了。」

「唔哈、唔嗯……為什麼？」

「因為我只要用手，你就可以高潮好幾次了。」

「唔嗯……」

雖然覺得很不甘心，但白榮燦說的是事實。光是他的手指插進來，我就好像要高潮了。已經溼透的性器讓我很害羞。

「雖然我也買了假陽具……但我不想要你的後面被我以外的東西插入。」

「唔嗯、啊……唔！」

「做愛的時候，除了我的肉，我不想讓其他的東西碰到你。」

白榮燦的手更大膽直接地在我裡面抽動。我對他的手毫無抵抗力，已經準備好要達到高潮了。

「呼哈、唔嗯、好像、要射……」

「都沒插進去就已經要射了嗎？」

我雖然雙眼緊閉，但還是可以感受到白榮燦的目光。因為太害羞，我的額頭靠在他黑色西裝外套上磨蹭，將臉埋了進去。

白榮燦讓我趴到床上。屁股敞開露在他面前，我回頭看向他。現在還穿著三件套西裝的白榮燦面無表情。那種生疏感讓人興奮得起雞皮疙瘩。

他只從褲子掏出肉棒來抽插我。我抓著床單，一下子就達到第一次高潮。

「呼呼、唔嗯……唔……榮燦……」

「噓。」

就算我已經達到高潮，他現在似乎才要開始的樣子，他開始加快速度。我的臉緊緊貼在床上，等待即將襲來的第二次快感。

在這種時候，我還是一直想要回頭看穿著全黑西裝的白榮燦。我看到他粗壯的大腿很有規律地「啪啪」撞擊著我的後面。

「啊、啊！啊！唔嗯、好爽、啊！」

白榮燦的手伸過來輕輕抓住我的頭髮後，接著壓住我的頭，讓我沒辦法回頭看他。第一次感受到這種脅迫感，讓我愉悅得起雞皮疙瘩。

「呃啊！」

接著白榮燦用另一隻手輕輕拍打我的屁股。我射精了，精液不斷地流到床單上。

「射了很多呢。屁眼還夾得很緊。」

「啊、唔嗯。」

他又再打一次後，我就感覺到我的後孔立刻夾緊。這是種沒嘗試過的快感。我在頭被壓住的狀態下，硬是轉動眼睛向後面看。

房間本來就已經夠暗了，穿著黑色西裝的白榮燦，看起來就像世界上最性感的獨裁者。我現在好像可以容忍他用鞭子打我的樣子。

輕微的體罰遊戲果然讓白榮燦更興奮了。他面無表情的臉看起來比平常更冷漠，但從他鑽進我洞裡的肉棒硬度、抓住我頭髮的手指、低沉呻吟的呼吸聲就可以看得出來。

「呼哈、唔嗯、嗯、啊、唔。」

又再一次「啪」，這次他的手掌更大力地拍在我屁股上。

「唔呃！」

差一點又要射精了。我緊咬著牙忍著。頭髮被扯得更大力了。

「忍住。」

那命令的語氣、那沒有任何語調起伏的話語，不知道為什麼聽起來那麼性感。我最後還是忍不住，精液一直流到床上。白榮燦的上半身交疊到我的背上。接著他咬住我的耳朵。

「誰叫你射了？」

在耳邊細語的聲音讓我寒毛直豎。他重新挺直上身，然後「啪！」打了我的屁股。

他變換自己的力度，一下子又快又強勁，一下子又輕柔地撞上來，而大腿上的西裝觸感，也一直在刺激著我的大腿。在我好像又要射精的時候，感覺到背上有股重量壓了上來。

「親親。」

「唔、唔嗯、嗯……？」

我還可以啊……我一轉頭過去就親到他的嘴巴。不是口水交融的熱吻，而是

「啾、啾」輕觸嘴唇的吻。

「唔嗯……」

跟他輕吻後就射精了。同時，白榮燦只移動了他的腰，把肉棒拔出來後射精在我背上。我感覺到身體被噴滿精液，肩膀微微顫抖。白榮燦緊抱住我。

結果最後先講出安全詞的人是白榮燦。可能是無法忍受這樣欺負我、打我；也有可能是比起做愛，他更想要「親親」。白榮燦貼著嘴巴親了好幾下，直到不能呼吸後，又回復到他原本的表情了。

「我果然比較喜歡被親愛的打。」

他一臉悶悶不樂、眉毛垂了下來，那一刻，我覺得他是世界上最性感、最可愛的人了。

「我的變態虎多力……過來。」

我轉過身躺著，把那個塊頭比我大兩倍的人緊抱在我懷裡，然後輕輕拍打安撫著他。

我稍微一轉頭，就看到那沒有用到的鞭子。不管怎樣，應該要暫時把那個東西藏好。

把頭埋在我胸口的白榮燦抬起頭來，主動親了我。我手指撥弄著他梳得乾淨俐落的油頭。

「聖誕節快到了。」

親完之後白榮燦說。事實上，我忙得都忘記已經到了聖誕季節了。

「是啊。」

我無動於衷地回答。在面前看著我的白榮燦，眼睛突然變得深邃。

「你的生日也快到了。」

他補了這句話。我的生日……原來他還記得。會記住我生日的人，大概只有我媽媽吧？甚至有時候她也會忘記我的生日，然後就這樣過了。

感覺我好像要哭了，然後又重新抱住他。不知道白榮燦是不是了解我的心情，所以也回抱住我。我有一種已經收到禮物的感覺。

我們再次接吻。跟他接的吻、交融的呼吸氣息、流洩出來的情感，變得火熱通紅。跟我們做愛的時候相比，接吻的時候更火紅了。

FUCK-PECT BUDDY

10

【我的兩個主管在談戀愛】

BAEK YOUNGCHAN X SEO HYUNSOO

休閒之都以擁有最好的公司福利和高年薪讓人自豪，是業界最頂尖的公司。我為了進來這裡花了不少心血。最後終於成功錄取時，甚至還在家裡開了派對。

進入公司後，我看到自己的直屬主管，就明白為什麼休閒之都是業界最頂尖的公司了。

徐賢秀，三十出頭、未婚、擁有雪白肌膚和纖細勻稱身材的冰山美男。那個看起來很難接近、給人冰冷感覺的人，一看就知道是我的直屬主管。

剛進公司的時候，他就對我進行斯巴達式訓練。

「概念提案一定要讀過五次後才開始進行。妳要記得，只要是有任何一部分跟概念不相符，那就會整個毀掉。」

「我覺得這個設計複製得很完美。」

「這個線條錯了啊。就算只有零點零零一公厘的誤差，最後印刷出來就會變得很明顯。」

「不要鬆懈下來。不能好好專心嗎？」

「加快速度。」

如果是其他組看到，應該會覺得我被逼得喘不過氣來，但實際上並非如此。我的主管徐賢秀組長看似在折磨自己的組員，但最後都會自己處理所有的危機。

當然，剛進公司的時候我也覺得他很可怕。當時的氣氛緊繃得連要多說一句話都覺得困難。

「亂七八糟，從頭開始重新做。」

我那天也被徐組長狠狠傷害了。老實說，雖然我也覺得我的草案不怎麼樣，但也還不至於到需要全部推翻的程度吧。他就像是用丟的一樣，把紙向後拿給我，我接過紙張後一臉悶悶不樂地走回去座位。

「今天徐組長的心情好像不是很好？」

徐組長去廁所的時候，許主任小小聲地說。我點了點頭。

「嗯，好像不是很好。」

「出了什麼事嗎？今天白組長看起來心情也很不好，他們兩個又吵架了嗎？」

「昨天公司聚餐，他們兩個人不是還一起離開嗎？」

「嗯，因為店家說如果一口氣喝掉半瓶伏特加，就會招待啤酒，所以徐組長就一口氣喝掉了半瓶伏特加。」

「是那時候吵架的嗎？」

「這麼一講，白組長的確有嘮叨……」

徐賢秀組長跟白榮燦組長是對冤家。他們兩個人的關係很差這件事，全休閒之都的員工都知道。白組長是形象爽朗的美男子，但是太愛惡作劇了，所以對每一件事情都很慎重的徐組長，跟白組長感情自然就很不好。

我跟許主任對看，然後抓著下巴沉思。接著，我先突然想起了什麼。

「啊，主任，這麼一講，徐組長跟昨天穿一樣的衣服！」

「唉唷，昨天喝醉是被白組長帶走的吧。」

「啊，真的嗎？那麼聚餐結束之後，他們兩個人之後就……」

我跟許主任對看，然後同時下了結論。

「非常激烈……」

「一整夜……」

「都在吵架。」

我們兩個認為真相一定就是這樣，激動地點著頭。

「唉，所以說為什麼要那樣勉強喝掉伏特加……宥晴，今天千萬不能提到白組長的事。」

「好。」

我跟許主任兩個就像共謀犯罪一樣點了點頭，徐組長正巧就在這個時候進來。我們裝沒事，繼續回去操作著各自的滑鼠。

一直到下午為止，我跟許主任都以為事情跟我們想的一樣。吃過午餐後去了一樓咖啡廳，在回去的路上才一下電梯，就看到徐組長拉著白組長進樓梯間，所以到這個時候我們都還是這麼想的。

但是，就在大家都下班，我無意間碰到白組長後，就產生了一個疑問。

我忘了把洗完的杯子收好，所以雖然已經離開大樓，又只好再折返。大家都已經下班了，剩白組長一個人留在辦公室裡。但是他不是在工作，而是在辦公室裡走來走去，行為有點詭異。

「白組長，你還不下班嗎？」

「宥晴，我該怎麼辦才好？」

「怎麼了？發生什麼事了嗎？」

「我真的快瘋了⋯⋯」

「什麼？」

「我要出事了，怎麼辦⋯⋯」

「是發生了什麼事啊？」

他沒有回答，繼續走來走去。他失了魂似的在辦公室走來走去，然後突然發出「呃啊！」一聲簡短的哀號，手又突然舉到空中，這個樣子不管怎麼看都很詭異。

雖然平常就是一個很詭異的人，但現在比平常更詭異。

「你沒事吧？」

我把杯子放到包包裡後很謹慎地問。白組長把額頭靠在辦公桌隔板上，手像是游泳一樣在空中亂揮，突然又把上半身挺了起來，大力地搖頭。

「不對、不對。不對、唉……」

接著他拿起包包跑出去，像是要逃離辦公室一樣。

他是怎麼了……

我歪著頭，接著也走出辦公室。

在搭地鐵回家的路上，我突然意識到剛剛跟許主任沒有想到的一個點。

「白組長明明說他昨天有帶組長回家，為什麼徐組長會穿一樣的衣服來上班呢？」

他是就算到了截稿期也會確實打理好自己的人。不管怎麼說，我覺得他們兩個一定吵了一場很大、很大的架。

＊＊＊

許主任自從上次之後，就再也沒有說過他們兩個很奇怪了。所以，只剩下我獨自充滿疑惑。我是個充滿幹勁的員工，也非常尊敬我的主管。如果聽到徐組長說因為有事必須離職，那我會很難受、會很難過。

「不行……！」

要是沒有徐賢秀組長的休閒之都，那我可能會每天都被金部長罵，然後也會不斷在印刷上出包。

不管怎麼看，兩個組長的關係看起來都很奇怪，我希望徐組長不要受這麼多苦。徐組長本來就屬於跟其他同事比較不合的人，但我也擔心白組長——雖然這種事情絕不能發生——會不會職場霸凌。

當然自從進到公司之後，我所看到的白榮燦並不是這種人。就算這樣，我的直覺還是跟我大喊著「有什麼事情很危險」。

所以，我決定偷偷保護徐組長。

我從隔天就開始執行計畫。每當徐組長從位子上站起來，我的視線就不會離開他，仔細看有沒有人要接近徐組長。

然而，我卻發現了一件事。

那就是白組長視線沒有離開過徐組長。

怎麼回事？

看起來像是在覬覦食物的眼神，也像是生氣的樣子，總之是用非常嚴肅的眼神盯著我們的組長看。如果只是一兩次，我會以為是自己看錯了，但並不是。雖然徐組長似乎沒有注意到——畢竟他有點遲鈍——但我都知道。

到了下午，我看到白組長從位子上站起來，我也跟著站起來。他搭了電梯下樓。我隔了一點時間也跟著下去一樓。在大廳東張西望的我，看起來感覺就像是個諜報人員。

我在一樓庭院找到白榮燦的身影。他這次一樣也是坐立不安的樣子，一直在庭院裡走來走去。一下摸摸自己的下巴、一下搖搖頭、一下子很煩惱、一下又遮住自己的臉，那個樣子看起來很沉重。不管怎樣，他一定有什麼煩惱，而那個煩惱擺明跟徐組長有關。

我一不留神就跟丟他的身影了。他去哪裡了？我在庭院裡東張西望。已經回去樓上了嗎？就在我放棄找他後轉過身，白榮燦的身影就出現在我眼前，我差一點就叫了出來。

嚇死我了。

白組長的塊頭很大。不知道是不是知道自己的塊頭很有威脅感，所以他平常就很愛開玩笑。換句話說，如果他一直面無表情就會非常可怕。我不自覺地蜷縮了起來。

「妳在找什麼？」

「啊，沒什麼。」

我一副慌張的樣子回答他，這時白組長似乎也有些慌張，他放鬆了嚴肅的神情，抓了抓後腦杓。接著他向後退了一步，就好像是犯了罪一樣。我立刻要轉身回去。

「宥晴，那個啊。」

「什麼？」

我停下腳步，回頭看他。

「宥晴，那個……妳跟徐組長很熟吧？」

他有一個請求。他希望我幫他注意徐組長最近有什麼困難的地方，然後如果有什麼地方看起來不一樣，要立刻告訴他。

我本來是想挖苦他說，為什麼白組長會這麼在意徐組長。明明平常相處都水火不容。

「哎呀，真是的，再怎麼樣我們一起工作也不是一兩天的事了。最近我看徐組長好像有點疲憊，我很擔心，所以才要妳這樣做的。」

看他說話真誠的樣子，應該不是在騙人。我點了點頭。

＊＊＊

星期五。第一次看到白組長感冒。不知道怎麼會這麼嚴重，嚴重到面紙幾乎離不開鼻子。

聽說是兩個人一起加班後才感冒的，但我不管怎麼看，都覺得有點奇怪，天氣這麼熱，竟然還會感冒？

接下來是白組長感冒後的下個星期一。

明明白組長是拜託我要照顧徐組長。我照著他的請求，從早上開始就一直注意著徐組長。但是，我不只注意徐組長，還注意著白組長。

我幾乎一整天都在觀察他們兩個，最後的結論是，不管怎麼看，白組長的確是非常在意徐組長。

我眼睛瞟向辦公桌隔板另一邊，偷偷看向徐組長。本來在工作的徐組長，則是在偷偷瞥向白組長的方向後，深深地嘆了一口氣。

為什麼要嘆氣呢？白組長的感冒為什麼會傳染給徐組長呢？他們兩個人週末的時候見了面嗎？關係這麼不好的兩個人週末見面？我在心裡搖了搖頭。

不管怎麼說，這都太奇怪了……

總覺得很不自在，加上這種不自在的感覺只有我知道，所以更不自在了。這就是只有我獨自背負祕密的感覺嗎？

我去裝水的時候順便偷看了一下白組長。不知道是不是因為才剛生過病，他看起來有點呆滯。不對，不只是呆滯，看起來幾乎像是失了魂一樣。

然後，我發現了一個奇怪的景象。

那就是白榮燦用呆滯的眼神看向徐組長的位子。

一開始還以為是錯覺。但是，當徐組長從位子上站起來，他好像就嚇了一跳。

為什麼會這麼在意我們的徐組長呢？

因為一直邊注意他們邊工作，結果我就惹出大禍了。我不但傳錯檔案給印刷廠，還用奇怪的檔案覆蓋掉花了好幾天修正的檔案。

「怎麼會這樣？」

「那個……」

「說話不要吞吞吐吐，好好講清楚。」

現在不能辯解。徐組長最討厭找藉口的人。他只是要掌握事情發生的原因。

「檔案好像被覆蓋過去了。不對……我把檔案覆蓋掉了。」

「什麼？」

我現在很想找個洞鑽進去。我從沒想過我會犯這樣的錯。

「我不會推託，我會負起責任，會一直弄到晚上……」

「不要隨便說出會負起責任，不要輕易地亂說什麼負責。」

「對不起。」

「不是李宥晴妳該負責任，是組長我要負責任。」

「……對不起。」

最後徐組長幫我處理掉這次的疏失，而我則是去印刷廠監督。組長修正完的檔案非常完美。

監督完後我打了電話給部長，然後我覺得應該跟徐組長再次說聲抱歉，所以我就回去了辦公室。但是辦公室裡一個人都沒有。

我再次搭了電梯下樓，在走去地鐵站的路上，我看到白組長的 Land Rover 開了過去。

咦？白組長這麼晚下班嗎？

然後我看到坐在副駕駛座的人後大吃一驚。

徐組長？

為什麼他們兩個人會坐同一台車離開？他們不是仇人嗎？不管怎麼想都覺得很奇怪。

隔天，徐組長因為感冒、身體積勞病倒在床上，沒辦法來上班。我聽到這件事情後，就更加確定我心裡所想的。

他們兩個一定有什麼。

＊＊＊

白組長從早上開始就一直皺著眉頭。可憐的企畫組，只有朴俊範獨自一個人在興奮。

我覺得都是因為我的關係，讓本來就已經感冒的人太勉強自己，導致病情更嚴重，所以我就傳了封訊息給他。

李宥晴：組長，真的很對不起。以後絕對不會再讓這種事情發生，請好好休息，早日康復。

然後我買了挑剔的徐組長應該會喜歡的餅乾放到他桌子上。

「徐組長不喜歡吃甜食，給我吧。」

不知道什麼時候走過來的白組長把手伸了過來。我把餅乾遮住，然後向後退。

「不、不要。」

「你給徐組長，他也不會吃。」

「但他還是會吃一點餅乾，你連這都不知道。」

「沒有喔。我家徐組長只吃有機食品，而且像這種有加巧克力的，他絕對不吃。」

他又是怎麼知道的？而且「我家」這個稱呼又是怎樣？我覺得很煩人，所以就瞪了白組長。許主任在旁呵呵笑。

「啊，真的是。組長是想吃才會這麼說的吧。組長你要吃就自己去買啦！這是我要買給徐組長的！」

「啊，我不是說了徐組長不會吃嗎！」

「你為什麼要這樣逼我！」

我氣呼呼地把要給徐組長的餅乾抱在懷裡守護著。絕對不要被他搶走。從旁邊經過的金部長則是「嘖嘖」咂嘴。

「喂，白組長，你又不是小孩子了，幹嘛這樣。你是在吃徐組長的醋嗎？」

白組長的臉紅了起來。他看了四周的人的臉色後，表情變得非常委屈，然後走回自己的座位。我原本還在想要不要把餅乾放到徐組長的桌上，但因為很在意白組長講的話，最後就沒有放了。畢竟這樣只是白白送了一個徐組長不會吃的東西當禮物。

那天下午，我要去一樓咖啡廳的時候遇到了白榮燦。聽說今天要外出洽公，所以他穿得整整齊齊外出，那個樣子的確是非常帥。

「宥晴！」

本來想裝作沒看到走過去，但他眼睛還真利。不知道有什麼好開心的，他揮著手裝熟，而我也不能假裝不認識公司主管，只好尷尬地笑了笑然後點個頭。本來想就這樣走進去，但他硬是對我招了手。雖然覺得煩得要死，但也不能表現出來。我向他走近。

「宥晴，那個……」

他欲言又止，不知道想要說什麼。

「宥晴……如果妳對徐組長有意思，最好趕快收手。」

他很謹慎地講出來的這些話讓我愣住了。我因為說不出話來，嘴巴開開、眼睛向上直盯著他看。

「徐組長最近有曖昧對象了。我是擔心宥晴的心會受傷，才先跟妳說的。」

跟平常嬉鬧的模樣不同，他的表情非常真誠。我搖了搖頭。

「我不是對他有意思，只是尊敬一個同行的前輩。」

他的眼神看起來就是不相信。從他瞪大的眼珠就可以看出來。

「我已經有男朋友了。」

當我清楚有力地說出這一針見血的話，白組長這時才不好意思地抓了抓後腦杓。

「啊，是嗎……？」

看他變得滿臉通紅，應該是覺得非常丟臉。那個樣子看起來是有點可愛。

「抱、抱歉、抱歉，我跟妳講的事情，千萬不要跟徐組長說，知道嗎？」

本來應該要回他我當然知道，但看到他慌張的樣子就突然想要整整他。

「再看看。」

然後我就轉身離開往大樓裡走進去了。

我跟許主任重新分配工作，在確認過徐組長說比較緊急的部分後，就回去自己的座位，一回到座位上就收到白組長的訊息。

白榮燦：宥晴晴～～要不要我明天買巧克力給妳？^^

巧克力？雖然我驚慌了一下，但馬上就可以猜出他的意圖。是想要再次確認剛剛要求的「千萬不要跟徐組長說」這件事吧。

李宥晴：不用了^^

我盡量回覆得看起來不要那麼討人厭。然後立刻又再傳了一則訊息。

李宥晴：以後我遇到困難，要站在我這邊一次。

白榮燦：唉唷～～～那當然啦^^!! Anytime～～

看到他不到十秒就回答我，讓我噗哧笑了出來。我似乎可以看到他鬆了一口氣的表情。

但是……徐組長是跟誰在曖昧？那個冰冷的徐組長竟然會搞「曖昧」。真的很難想像，雖然是會好奇，但我只是搖了搖頭，甩掉這些想法。我對徐組長的私生活一點都沒興趣。就像我跟白組長說的，我只不過當他是主管尊敬。

＊＊＊

幸好徐組長隔天身體沒事來上班了。感冒好像也全都好了。我心裡有點在意他會不會還把我的疏失放在心上，因此認為我就是一個沒能力的組員。

因為一直很在意徐組長，我也因此發現了一件事情。那就是白組長比我更在意徐組長。

其實休閒之都的同事都因為忙著自己的事情才沒發現，但只要稍微仔細一看就會發現，白組長的目光幾乎一整天都在徐組長身上。

徐組長最近有曖昧對象了。

雖然突然想起他說的話，但我還是想盡辦法將這件事忘掉。

白組長說「要站在我這邊」的約定沒多久就做到了。因為截稿期就近在眼前了。徐組長暫時離開座位的時候，經過我後面的白組長似乎是發現什麼而停了下來。他向我靠近，看著我的製作物，然後頭歪向一邊。

「這條線不是從第五次修正後就拿掉了嗎？」

「對，沒錯。徐組長什麼都沒說，我還以為就是要放……」

「看來他好像忘記了。徐組長之後要是知道了，應該會大發雷霆。宥晴，幫我把線修掉吧。」

我咬住嘴脣遲疑了一會兒。就算這樣，不是應該還是要先說一下嗎……

「這樣好嗎？」

白組長眨著眼，做出示意著這沒問題的姿勢。也對，他是一個自尊心很強的人，不跟他講、默默地修正應該會比較好。

然而，這是我跟白組長嚴重的失算。

「宥晴，本來放在這裡的線條呢？」

「什麼？啊，那個……」

「是我叫她改的。」

說實在，那一刻突然從位子上站起來的白組長看起來有點帥氣。

「為什麼沒跟我說？」

「徐組長，請來一下會議室。」

一進到會議室就把窗簾拉了起來。我有點害怕兩個組長會吵起來。許主任的神情看起來也很在意。

「宥晴，最近徐組長真的是有點奇怪吧？本來是個不會犯錯的人啊。」

「我也不知道……」

我覺得白組長看起來更奇怪。我把這句話吞了回去。

＊＊＊

白組長越來越關心徐組長，在Elune相關傳聞傳開後，更幾乎是到了巔峰。他會無時無刻傳訊息給我，或是瞞著徐組長找我，然後就是追問著徐組長的事情。

「徐組長沒有跟妳說什麼嗎？」

「我也沒聽說什麼，他什麼都沒有說。我是說真的。」

然後過沒幾個小時，他又問了類似的問題。他問：「現在還是沒說什麼嗎？」

徐組長一整天看起來都心不在焉。他似乎因為頭很痛，緊緊按著太陽穴，然後拿起手機看了一下後，又嘆了一口氣。

「Elune 到底是跟他提了什麼？」

「我也不知道……再怎麼說他也是徐組長，應該是要把他挖走吧？」

「這群壞蛋。」

許主任也跟我一樣心煩意亂。雖然我們組當然不會因為徐組長離去就整個垮掉……但是他的確是我跟許主任很大的支柱。

但比起我們設計組，白組長更加心煩意亂。

白組長一整天都沒有惡作劇，表情更是嚴肅地看著電腦螢幕。一眼就可以看出他神經很緊繃，很不像平常的白組長。他捲起袖子的手臂跟深鎖的眉頭，感覺就像是長出了針一樣銳利。

「組長，幫我看一下這個。」

不會看人臉色的朴俊範遞出企畫書的時候，他露出幾乎像是要揮出拳頭的架式。推著眼鏡蜷縮起身體的朴俊範實在很可憐。

雖然不管何時，截稿期間都像是在地獄，但這次特別地讓人想死。整個辦公室的氣氛就是如此地緊繃。雖然一部分是因為徐組長的傳聞，但也是因為平常愛嬉鬧的白榮燦非常安靜的緣故。

總之，截稿期是平安度過了，下一期雜誌也順利完成了。這次由我設計的部分也很多，感覺特別地心滿意足。

我很尊敬身為我們組主管的徐賢秀組長。雖然我一點都不關心他的私生活，但我也會希望徐賢秀組長能幸福。還有，我也希望組長能夠繼續當我的主管。所以當感覺到組長很憂鬱的時候，我當然會很在意。

他真的要去Elune嗎？

當然要不要離職是徐組長自己的決定……我只能無奈地嘆了一口氣。

幸好白組長在截稿期結束後恢復爽朗的模樣。當然，休閒之都其他人也都會在截稿期結束後氣色變得很好，連健康狀況都會好轉。但是，白組長好像有點不一樣。他好像是……裝出來的，故意裝得很爽朗的樣子。

一定有什麼事情……

跟平常一樣，主管們在截稿期結束後，會開有關新一期的內容會議，而我則是開著要製作的檔案，偷偷在逛網拍。

大約到了午餐時間，我發現到一個很奇怪的景象。去裝水的徐組長是輕輕地摸了摸白組長的頭嗎？

這是在警告他說我會把你頭髮全部拔光嗎……？

我心想應該是我看錯了吧，我關掉瀏覽器視窗，拿著牙刷從位子上站起來。就在離開辦公室的時候聽到了奇怪的聲音。

「喂，你用了我鏡櫃裡的洗髮精嗎？我不是說不要用那個嗎？你知道那個有多貴嗎？」

我聽到徐組長的聲音後回頭查看。白組長不知道在開心什麼傻傻地笑著。

是我截稿期太累了嗎……一直有幻聽。

這是在我暫時去一樓散步的時候。雖然我沒有很常下來庭院，但偶爾聞一下樹木的味道感覺可以轉換心情，也可以提高效率。

我本來打算走個五分鐘後再回樓上，不過那是在庭院看到一個熟悉的臉孔之前。那個熟悉的臉孔就是白組長。他在庭院一角跟別人在講電話，表情非常嚴肅。

在跟誰講電話呢？

應該不是跟客戶，因為跟客戶通話會用公司電話。我沒有想過要偷聽，但說話聲傳了過來。

「啊，我就說不行了！我是怎麼說的，徐組長他非常敏感。」

徐組長？我不自覺地豎起耳朵。我身體躲在樹木間，然後慢慢向他靠近。我自己在內心將這件事合理化。我不是在偷聽。不對，因為這是徐組長的事情，既然是有關我尊敬的主管的事情就一定要聽。

「那是因為妳不知道。這沒那麼簡單。那是兩碼子事。不是啊，徐組長他討厭我。是啊，這是最嚴重的問題。」

聽他講話語氣，對方應該是他的朋友。但是為什麼要跟朋友講我們公司的事情呢？難道是什麼……商業間諜嗎？既然平常你都這樣欺負我們的徐組長，那我就多了一個一定要聽的理由了。

「就算妳是我妹妹，也不能這樣。」

啊，原來是妹妹啊。不過都一樣啦。

「不要，我絕對做不到。我不會告白的。」

他說什麼……？

我站在樹後面，為了不要驚叫出聲，我摀住了嘴巴。

然後我就這樣慌張地跑離庭院。原本打算按下電梯按鈕，但我現在心臟就像是要爆裂開一樣狂跳，應該沒辦法好好工作，所以我改走進一樓的咖啡廳。我呆呆站在門口旁邊，反覆想著剛剛聽到的話。他確實是說了「告白」吧。

難道白組長對徐組長……

我趕緊搖了搖頭。當然，我是有人權意識的人，沒有任何偏見。但如果說是徐組長跟白組長？那根本就像是湯姆貓與傑利鼠啊。

不對，應該不是這樣。應該不是那種告白。

我一邊深呼吸，一邊努力讓心情鎮定下來。沒錯，是我聽錯了。但我腦子裡也一邊想像著魁梧的白組長，拿出花束跟徐組長告白後被狠狠拒絕的景象。隨後，我又突然為自己想像這種景象感到罪惡。

我煩惱到出神，然後隨便點了一杯飲料。

我硬是搖了搖頭，想要甩掉這些雜念。偏偏這時候徐組長走進咖啡廳，我感覺就像是無常的命運在捉弄我。

徐組長仔細觀察我的臉。我感到很有壓力，很想馬上逃跑。為什麼要給我這種試煉……我不想要被捲入任何事件，只想要老老實實地來上班就好。

「出了什麼事嗎？臉色看起來很不好。」

「什麼？沒有，沒什麼事。」

我雖然搖了搖頭，但是他還是一臉覺得我有問題。

「我要一杯美式。她的飲料也用這張卡一起結。再來一個巧克力。」

「啊，組長，不用，沒關係的。」

就算我說了沒關係，徐組長還是堅持要幫我付飲料跟巧克力的錢。是啊，他是個很好的人。雖然很挑剔是個問題，但如果我能做好自己的工作，他就會是最好的主管。我不想要徐組長受苦。

本來壓抑住的好奇心一點一點地湧上來。我一直盯著在看手機的組長，最後還是開口了。

「那個，組長，如果……你被同事告白，你會怎麼做？」

「同事？」

當然我一點都沒有想要幫白組長出櫃。但是，我想要防範即將襲來的浪濤。

「是誰來騷擾妳嗎？」

「沒有，絕對不是這樣……我不是在說我的事。」

他直直地盯著我看，然後咂了一下嘴。

「雖然不知道是誰的事，但只要是在生意工作上動感情，都是很愚蠢的事情。」

「你是這麼覺得嗎？」

「是的。告白的人太輕率了。」

搭電梯上樓的路上，還有那天整個下午，我一直因為這個煩惱而備受煎熬。很想要跟別人傾訴想到要瘋了，但是我能跟誰說呢？這樣不就是幫人出櫃嗎。

徐組長，你千萬不可以因為白組長而離開公司啊！

我只能在心裡默默禱告個數百次。

白組長真的要跟徐組長告白嗎？不對，他真的對徐組長有意思嗎？我無從得知。但光是徐組長好像沒有要離職去 Elune 就已經值得慶幸了。

在那之後我就不想再繼續在意他們兩個人的事情。那麼過度地去關心別人的戀愛要做什麼。而且他們兩個人之間這麼明顯的變化，不是我不想看就可以看不見的。

而所謂的「變化」就是這些。我發現平常很敏感又不喜歡輸給別人的徐組長，竟然因為白組長的搞笑而笑了；白組長一臉心滿意足地看向徐組長的位子；兩個人做事做到一半突然交換眼神；還有……兩個人同時消失不見。

我不管了……

日子就這樣一天一天地過去，也到了米蘭時裝週即將到來的日子。

我還是跟之前一樣，假裝神經很大條，沒有發現他們兩個人的變化。我覺得這是禮貌。當我工作做到一半時，跳出了訊息通知。

白榮燦：宥晴，如果妳有空，可以跟我聊一下嗎？

是白組長。他偶爾在要認真講事情的時候，一定會用正確的字跟文法傳訊息。

我們去了一樓庭院。白組長先送了我手作巧克力，他說是諮詢費。我們並排坐在庭院的長椅上，之間隔了點距離，嘴裡各含了一顆巧克力。喀啦喀啦的咀嚼聲音尷尬地在白噪音中擴散。

「戀愛還順利嗎？」

白組長問。

「嗯……我是還可以。」

「謝謝。」

「什麼？」

「假裝不知道。」

「什麼東西？」

「妳不是知道我跟徐組長之間的關係嗎。」

我忘記我嘴裡正含著巧克力，張大了嘴跟他對看。白組長的臉跟平常不一樣，沒有任何嬉鬧的樣子。

「多虧宥晴，我才能放心。謝謝。」

那是煩惱戀愛的男人表情。

「我、那個、我、嗯、有什麼可以做的嗎？」

不對，這不是重點，重點是他們真的在談戀愛？湯姆貓與傑利鼠？

「以後要麻煩妳了，我的賢秀。」

我真的是要瘋了。竟然說「我的賢秀」。瘋了！白組長看了看驚慌的我，嘴角揚起而笑，然後就先從位子上站了起來。

我一時之間還沒辦法從這個衝擊中醒過來，就在庭院坐了一下，大約過了十分鐘，我才急急忙忙跑回去大樓裡。舌頭上的甜味停留很久。

「宥晴，這個麻煩妳分類。」

一進辦公室，徐組長就遞給我一份資料。

「好……」

拿到資料後，我默默地在心裡嘆了一口氣。不知道徐組長知不知道我現在複雜的心情。他接著就往飲水機的方向走去了，而白組長溫柔的目光也跟著他。

唉，我好命苦啊……

我無緣無故覺得生氣，就傳訊息對著交往沒多久的男朋友發脾氣，之後就把鍵盤收起來，把一疊資料放到桌上。

不管我兩個主管是在談戀愛還是在吵架，截稿期還是會到來。我嘆了一口氣後，開始仔細地把資料整理分類。我又偷瞄到辦公桌隔板的另一邊，那兩個組長陌生的笑容。

仔細一看……他們兩個人本來就這麼合得來的嗎？

他們兩個人的笑容，感覺就像在這個跟平常一樣的辦公室裡，無聲地傳開。而同時，氣氛也稍微地活絡了起來。當我一這樣想，感覺鬱悶感也稍微減少了。我自己在心裡大喊那個沒有告訴任何人的祕密。

我的兩個主管在談戀愛！

FUCK-PECT BUDDY

11

【Hello, Mr. Perfect】

BAEK YOUNGCHAN × SEO HYUNSOO

休閒之都的同事，沒有一個人不知道我跟徐賢秀組長的關係很不好。

不對，準確一點來說，是他討厭我才對。

設計組組長徐賢秀討厭企畫A組組長白滎燦。從第一次見面開始就討厭了。

而從第一次見面開始，我就喜歡他了。

雖然我意識到自己喜歡他是之後的事了。

新進員工的歡迎會當天。同期同事剛進到新職場，尤其是業界最頂尖的職場，每個人都興奮不已。而我興奮的原因跟別人有些不同。我是因為坐在我旁邊的那個男生的關係。

「……我是設計組的徐賢秀。」

「請多指教，賢秀。」

徐賢秀窄小的臉上帶著銳利的面孔，是個美男。他跟我同年紀，但所有興趣都跟我完全相反。從興趣到飲食習慣，怎麼會像是事先說好的一樣，這麼樣的不同呢？

「身材很好呢，看來很常運動喔。」

有點喝醉的他說道。這個問題好像沒什麼特別的意義。從我手臂自然掠過的手，看來也沒有特別的意義。但是不知道為什麼，每當他的手掠過時，我腦中的紅燈就會亮起。感覺很奇妙。這是什麼徵兆嗎？

到這裡就好、到這裡就好！再炫耀下去會讓他反感的，雖然我對著自己這樣子警告，但我的嘴巴不受控地一直對他講。

「當然啦。我很喜歡活動身體。」

怎麼可能只擅長運動呢……「如果你想要，我可以全部展現給你看」本來想這麼說，但是徐賢秀的視線已經飄向遠處了。我偷偷地看著他的側臉。長長的眼睫毛、銳利的雙眼、顏色很淺的眼珠、細窄的側臉線條，還有像是雕像般的眉頭跟鼻梁。

好帥……

但我還是必須承認，他對我一點興趣都沒有。看向遠方的眼珠，似乎不可能再轉回來到我身上。

本來要再把啤酒杯拿起來喝的時候，有一隻手從我大腿旁邊掠過。手的主人是徐賢秀，他跟嚇到的我不一樣，面無表情地把手伸到桌上，然後抓了放在桌上的下酒菜起來吃。

原來不是故意，只是不小心掠過的。我硬是把已經要從嘴裡跳出來的心臟吞了回去。我不知不覺把目光放到香蕉片上，然後盯著他咀嚼蠕動的紅唇。我敢保證，我出生到現在第一次這樣盯著男生的嘴唇看。

是我太明目張膽了嗎？徐賢秀似乎感受到我的目光，瞥向我這邊。當顏色很淺的棕色眼珠跟我對看的那一瞬間，我差點就要叫出來。而我接著想到的是「怎麼有人的眼睛可以長成這樣」。我默默地躲開他的視線。乾咳了幾下後，假裝在翻找口袋。

不知道是幸還是不幸，徐賢秀一下子就沒有再管我了。他似乎喜歡那個下酒菜香蕉片，只從餅乾碗裡挑出那個來吃。這次，我被他潔白的手指所吸引。

「大家玩得真開心……」

徐賢秀呆滯地喃喃自語。不是在跟我說，而是在自言自語。我大口喝下放在我前面的啤酒。

醒醒啊，白榮燦。

「呼哈、呼哈。」我大口深呼吸，我去廁所想要讓頭腦冷靜下來。但是，就算用冰水洗手、洗臉，也不能讓我清醒過來。不知道是不是酒喝太多了，一直覺得很暈。我的鼻尖留下的不是濃烈的菸味，而是徐賢秀的香水味。

我為什麼會這樣？

也不是第一二次喝酒了，可是心跳卻一直很快、呼吸急促。這樣下去不會死掉吧？我躲進廁所隔間裡。

又不是高中生，竟然才碰幾下就硬了？

甚至對方還是個男生！

我埋怨太過健康的自己，忍住不讓自己放聲哭出來。我不能就這樣走出去。我一直祈禱拜託快點軟掉，陰莖快點軟掉啊。想起剛剛徐賢秀碰到我大腿的手，還有他吃香蕉片的嘴唇，讓我簡直要瘋掉了。所以說，為什麼要去摸別人的手臂……不對、不對，不是他的錯，是我的問題。

我最後還是把褲子拉鍊拉下來。用很羞恥的心情握住我勃起的肉棒開始套弄。

「啊、呼……」

我就好像是單戀老師的十八歲高中生。該死的小弟弟變得很紅，前列腺液一直流，卻一點都沒有要射的跡象。我急得跺腳，然後更大力地套弄我的肉棒。

「拜託，快點……！」

射啊！

我的老二真的一點都不聽我的話。我覺得我握著自己肉棒套弄的樣子很難堪，難堪到很想哭。

「唔唔唔……」

當我正在用各種感官刺激著肉棒的時候，「碰！」外面有人踢了一下門。

呃！

我好不容易忍住差點要從嘴裡發出的叫聲。我聽到「嘖！」的咂嘴聲。人聲走遠後，我才放鬆自己嚇到僵硬的肩膀。

「我要瘋了。」

下面稍微軟掉了。白榮燦的陰莖這種時候還是很雄壯威武，但現在不是該這麼雄壯威武的時候吧？我茫然地嘆了一口長長的氣。

＊＊＊

幸好徐賢秀在新進員工歡迎會後就沒有再注意我。不對，準確一點來說，是他討厭我，而且是非常。

「這個也很奇怪，不是應該要修正嗎？」

我問。

「這是我們組的事，你不要多管閒事。」

他說完後，吹起一陣寒風。不知道是不是因為他的側臉很凶狠，我感覺空氣中好像瀰漫著一層薄冰。

一開始以為他的個性本來就是如此，所以才會這樣。因為他不只對我，對其他同事也是這樣。

但是不知道為什麼，我很在意徐賢秀。我一直想起那天坐在我旁邊的他的嘴唇和挑出香蕉片的手指，還有淺色的瞳孔，都讓我快要受不了了。

啊，真的是。

我會一直在意徐賢秀的嘴唇、眼睫毛，還有那個手指，絕對、絕對不是我的錯。那只是身體的自然反應罷了。

我盡可能不去在意徐賢秀。新進員工歡迎會那天，徐賢秀觸碰我而引起的身體反應，我也把它當成是身體的奧祕之一。如果不這樣想，我可能會慚愧到死。

徐賢秀是跟我一起工作的同事，他出色的外表讓人無法忽視。

我不知不覺地開始注視著他，這好像是連我自己都不知道的本能反應。但不只是我，只要是在徐賢秀身邊，不管是誰都會去注視著他。我出生到現在，從來沒看過這麼好看的人。

金妍芝，她是一個非常有能力的同事。我對她沒有任何遺憾。我們沒有親密到會有遺憾。

在我企圖接近企畫組的金妍芝時，也不知道事情會變得這麼嚴重。當然也完全沒有想過要讓金妍芝離職。

那天徐賢秀也是跟平常一樣很挑剔又很有才能。收到設計草案時，我傳了訊息「辛苦你了唷~^^」，他跟像平常一樣沒有任何回應。

這天是跟平常一樣的日子。我在一樓庭院遇到正在散步的他。要去打招呼嗎？不對，他明明覺得我很煩人，我考慮了一下後就決定轉身離開了。

而且，他旁邊似乎還有另一個人。徐賢秀正在跟企畫組的金妍芝聊天。

他們兩個很熟嗎？

不對，不只是金妍芝，徐賢秀都沒有跟其他的女生或男生熟過。雖然我不是一整天都在監視徐賢秀，但至少我還是知道他現在沒有在來往的女生，女同事跟他聊天時，他也都反應冷淡。

在我們進公司沒多久的時候，企畫組的李代理拜託幫忙處理一個小小的設計，徐賢秀非常冷靜地拒絕了。但我可以理解，因為這是工作內容以外的事情。還有上上個月的一個星期五，柳恩姝問：「賢秀，週末如果有空要不要跟我去看電影？」

他用了世界上最冷淡的表情拒絕了她。還不只這些。幾天前，銷售部的金敏英親切地表現出關心、跟他搭話，他只給了她非常簡短的回應，讓她非常沒有面子。

當然，這樣說並不是我一直監視著徐賢秀的一舉一動，而是光是我看到的部分就已經有這麼多的意思。

但是，現在徐賢秀不就正在跟金妍芝聊天嗎？用一隻眼睛就可以看出來，他們兩個人正散發出微妙的氛圍。

怎麼回事？到底是怎麼回事？

看到正在笑的徐賢秀，我就一股火衝上來。雖然不知道為什麼，但是我那一刻就是非常生氣跟鬱悶。我帶著滿滿的怒火回到辦公室。

「那個，榮燦，我說的資料都好了嗎？」

「啊，等一下啦！」

我對著當時我們組的組長朴組長大吼後坐到座位上。雖然我可以感覺到朴組長覺得荒唐的眼神，但那些都不重要了。

老實說，我會靠近金妍芝有一半以上是因為衝動。但是一旦下定決心，我就有了不管發生什麼事，都要一定要擁有她的念頭。不對，準確一點來說，不管發生什麼事，我都不想讓徐賢秀跟她往來。

「那麼我們從今天開始就是在交往了吧？白榮燦。」

「啊，嗯……對，是啊，當然。」

我一臉茫然地回答她，然後那天就先這樣跟她道別了。我腦子裡只想著徐賢秀。

隔天，徐賢秀就像是得了重感冒的人，一臉憂愁的表情來上班。都是因為我嗎？

雖然覺得有罪惡感，但我硬是甩開了這份罪惡感。如果嚴謹一點說，是我把他的女朋友搶走的吧。或者該說是「準」女友。不對，這也不對。徐賢秀跟金妍芝並不適合！那種女生配不上徐賢秀。我覺得他適合更結實、個性更溫柔，總之就是心胸寬大、身材健壯的人。

就算他們在一起，也不會長久的。

沒錯，就結論來說，我算是幫了他。畢竟要是他們分手了，也會造成休閒之都業務上的阻礙。

當我正在思考的時候，感覺到一陣目光。我稍微往辦公桌隔板另一邊看過去，是徐賢秀在盯著我看。我就像是犯了罪一樣，將身體蜷縮起來。等等，雖然的確是犯罪，但……我感覺到他向我這邊走了過來。

「……這個。快點處理好給我。」

「好。」

我接過資料後躲開他的視線。我很害怕他會跟我說些什麼，但是徐賢秀就這樣回去自己的座位了。我暗自鬆了一口氣。

結果我跟金妍芝沒有交往很久。就……就當作是個性差異吧。當然在這兩次的約會，我都一直沒辦法專注在她身上，所以是我的問題比較大……

「那個，我仔細想了一想，我們好像真的不適合。對不起。」

「那麼為什麼要跟我告白呢？」

金妍芝似乎覺得很不像話，我也是無話可說。接著，我突然害怕起來，如果她跟徐賢秀交往怎麼辦？真的是萬幸，她幾天後就離職了。

金妍芝離職的原因是不是因為我，我也無法確認。本來她也有說過不適合這份工作。老實說，因為她工作做得不算好，站在休閒之都的立場，我在想這樣似乎還比較好。

＊＊＊

到了那天下午徐賢秀還是不理我。我則是盡量不去注意徐賢秀。他很有才能，而我想跟很有才能的他繼續一起工作。如果想要繼續一起工作，那最重要的就是盡可能不要發生衝突。雖然在工作時，當然不可能完全不會碰到面。

有一天，徐賢秀拿著我給他的草案修正要求書到我的位子來。他走路的姿勢也很優雅。修長的手指往我這邊伸過來。如果手上沒有拿著紙張該有多好……

「這個，是你做的？」

「嗯。」

他為了要跟我說明，把他的腰彎了下來，指著我提出的要求書一一跟我說明。

「這個部分跟這裡需要補文字，各約二十字到五十字。這裡幫我標記色碼。以後請避免像這種不明確的顏色說明……」

會說徐賢秀這麼有才能，不只是因為他的設計感非常突出，他連寫企畫的人漏掉的點都能全部找出來，然後給出簡單易懂且準確的需求。

「剩下的三天內可以修正完成，但是，還需要更多的資料。不一定要一模一樣，但必須是要有助於抓住視覺概念的資料。」

他在說明的時候，我一直偷看他的臉。但我沒有帶著私心，不管是誰在那樣的臉旁邊，想必都會想要偷看。

「我說的你都懂了嗎？」

徐賢秀一臉懷疑地看著我問。因為有點心虛，所以我很誇張地點了點頭。

「唉唷，當然囉、OK、收到！」

徐賢秀搖了搖頭，離開我的位子。還送我一個鄙視的眼神。呃，真的是，也不需要這樣瞪我吧。長得帥了不起？是啊，像他那麼帥又有能力，當然什麼都可以。

外宿研討會的時候，我也盡可能不理會徐賢秀。直到他在我換衣服時跑進來之前。

「……可以把門關上嗎？」

徐賢秀一臉僵硬地從全身脫光的我旁邊經過，然後拿起了急救箱。把褲子拉鍊拉起來的時候，我所有的注意力都集中在他身上。不是啊，如果有人在應該會敲一下門吧……

「碰！」門一關上後，我的腳立刻沒力，就這樣癱坐下來。

啊，真的要瘋了……

為什麼偏偏被徐賢秀看到屁股，我也不知道為什麼對這件事感到羞恥。外面的人應該在等我，我用兩隻手擋住泛紅的臉，然後在房間地板滾了一下。我就像是被狠狠揍了一樣，心口非常難受。

到了晚上。男性主管們都在踢韓國足球[7]，徐賢秀站在一角觀看著他們。

「哇，大家都很認真地玩耶。」

我感覺到他目光瞄向我。同時，全身也微微地起了雞皮疙瘩，並不是不好的感覺。好奇妙。為什麼他盯著我看的時候都會有這種感覺？就像是被溫水潑了一身。

徐賢秀收起了目光後，這次換我偷看他。火紅的雙唇、長長的眼睫毛、潔白的臉、顏色淺淡的眼珠，徐賢秀的外貌有種奇妙、會讓人上癮的感覺，所以我的眼睛才會離不開他。一開始只是稍微偷看，但之後卻都不自覺地直接盯著他看，看到出神。

不知道是不是感覺到我的目光，徐賢秀看著我。

「幹嘛？」

他沒有感情的眼珠裡，透露出不知道是厭惡感還是其他難以描述的情緒。跟那個眼神對看的瞬間，有種羞愧感襲來。

7 譯註：韓國足球（족구，jokgu）是一種融合網球、排球和足球規則的運動。

為什麼他會這麼討厭我呢?這跟剛剛的羞愧感完全不同,是一種非常非常疼痛的感覺襲來,我強忍住這種感覺。

「你就這麼討厭我嗎?」

徐賢秀聽到我的問題後看起來有點驚慌。他一口氣喝掉啤酒,然後捏扁啤酒罐的動作看來很生氣。

「追究討厭還是喜歡或是交朋友這些事,都是大學社團在做的事情。我們都只是來這間公司工作的。」

聽到那句話的瞬間,我有一種想哭、熱燙的感覺湧上心頭。徐賢秀離開了位子,而我卻像是有種被燒傷的感覺,站在原本的位子,一動也不能動。

那天之後,我在整個研討會中都在欺負徐賢秀。需要打鬥的時候,我指名他;故意在講話時都要提到他,去挑動他的神經。就算很幼稚也無可奈何。因為不這樣做,我會無法忍受心裡的委屈。

等我後悔,心想「他應該會很討厭吧」已經是研討會最後一天的事了。三天兩夜都被欺負的徐賢秀,現在都故意在躲避我。

「那個,賢秀。」

當我一叫完他,他沒回頭看,還咻一下從我旁邊經過,看到那個樣子,就可以知道他已經非常生氣。

唉，白榮燦你這個蠢蛋，真的是。

就像被颳來的風賞了一記耳光。沒辦法，這是我自找的。我也只能怪自己。

研討會最後一天，我想要跟徐賢秀道歉。但是他單方面地躲著我，我要怎麼跟他講到話呢？最後聽到必須留下兩個人整理房子，我想這是最後機會，所以很快地就站出來。

「賢秀說要跟我一起留下來。」

然後，果然又是一陣冷風吹來。

但是當決定要留下來後，我卻沒辦法跟他說到任何話。他散發出如果你敢靠近我，我就會殺了你的氛圍，我不知道到底該跟他說什麼，他才會原諒我。

我要瘋了。

像這種時候，一般人都會怎麼道歉？對不起，我太幼稚了？其實我不並討厭你？不對，這樣太過頭了……不對，這也是事實……當我還在猶豫時，房間就已經整理好了。

整理完後，徐賢秀以代理人身分在管理員遞出的文件上簽名。

「那個……」

我好不容易才開口說話，他卻轉過頭去，讓我的努力都白費了。徐賢秀連看都沒看我一眼，就這樣搭上公車離開了。甚至連聲招呼都沒有打。

「啊，真的是。有必要連再見都不說嗎？」

我把拿在手上的背包背了起來，很不開心地跨坐在長椅上。有種被拋棄的感覺。

我有這麼討人厭嗎？

鬱悶感湧上來。一直到回到家之前，我傳了幾百封寫了「生氣了？QQ」的訊息給他。

一到家，我就隨便躺在地板上，然後努力去討厭徐賢秀。但是心不像橡皮筋一樣可以隨意改變。我全身癱軟，就像是故障了一樣。

這樣子不行。

我立刻爬了起來，然後用手機撥放音樂、打開浴室的蓮蓬頭、打開電腦裡的遊戲。在這些噪音中，徐賢秀的身影就像雲一樣浮了起來。讓我很想哭。

果不其然，連續的訊息轟炸讓我更討人厭了。徐賢秀打電話來，他的聲音非常地生氣。

——你這個神經病，你現在是在幹嘛！

完蛋了。這次他真的生氣了。我全身非常地僵硬，重新拿好手機。

「嗯？我在打電動啊……」

我很沒自信地小小聲回答。我感覺到電話那頭憋住氣的樣子。

——你再狂傳訊息給我試試看。

一聽到這個帶有殺氣的聲音，我突然害怕了起來。我非常害怕被徐賢秀討厭。

「哎呀，我怕賢秀你是真的生氣，心裡很不安嘛。抱歉抱歉。聽你講話，好像真的很生氣。」

他依舊沉默。我現在內心混合著想要逃跑跟想哭的心情，根本沒辦法繼續講下去。

「你到家了嗎？趕快回家，我們公司見！啊啊，我死了。那就先這樣，我要掛囉！」

我故意把待機模式的遊戲畫面聲音調大，然後就把電話掛掉了。等掛掉電話後，我才開始感到後悔。怎麼辦，要再打回去嗎？不對，這樣也只會被罵而已。

「啊，白榮燦！你這個白癡！」

我把額頭在書桌「碰碰」敲了幾下後，就以大字形躺在床上。

「為什麼要這樣做……我又不是小學生了……」

我在責罵自己的幼稚行為的時候已經太遲了。我全身無力地躺了一陣子後，突然想到一些事情，就傳了訊息給我妹妹。

榮惠，我是不是有點浮誇？

突然在亂說什麼，呵呵。你不是有點，你就是浮誇大王啊^^～

是嗎？我是這麼浮誇的嗎？所以徐賢秀，那個長得又帥又有能力的傢伙才會這麼討厭我。我身體縮成一團不斷反省，而越是反省我就越覺得鬱悶。

但我還是不討厭徐賢秀。

就算他對我這麼冷淡，或是對我再更冷淡，我也不會討厭他。

不管我有多討厭，我總是會一直想到他。

我曾因自己的努力全白費而受到創傷，此後我對愛情的心態就變得很消極。受傷的我變得很幼稚，但這也是無可奈何的事。我應該要好好談一場戀愛。

到了二十多歲的時候，雖然身旁有很多人來來去去，但從來沒有跟誰有更進一步的關係。大部分的人都看到我嬉鬧、幼稚、輕浮的一面，所以也就隨隨便便地對待我，之後覺得不好玩了就把我拋棄。

關鍵是……差點就可以一起走到最後的人之中，甚至也有人看到我的性器官的大小後就驚嚇到立刻穿起衣服離開。雖然別人有可能會說我身在福中不知福，但重複經歷過幾次這樣的事情後，我就開始變得自卑。

清爽的外表和爽朗的性格可以讓別人比較容易靠近，所以我也不曾先跟別人示好過。而我一直都被當成一個轉運站，我真的會知道怎麼樣去攔住一輛要開走的公車嗎？

而且，我這樣好像產生了反效果，徐賢秀現在更討厭我了。

研討會結束後我還是很在意徐賢秀，但他一天比一天更加討厭我。

每次在工作的時候我都會偷看他，但是專注工作的他，都不會發現到我的目光。因為注視電腦螢幕而微微皺起的眉頭和變得敏銳的眼神、鈕釦整齊扣上的手腕、操控滑鼠的手指骨頭。我就像是在看著一個珍貴藝術品一樣地偷看他。

我妹妹開始確定我有喜歡的人了。因為我跟平常很不一樣，常常講電話講到一半會發呆，又經常會問像是「人討厭一個人是不需要理由的吧？」這一類的問題，看到這樣的我，她就百分之百確定了。

我沒辦法反駁妹妹說的話，時常陷入想著徐賢秀的思緒中。回到家，他的身影被美化了好幾倍，然後填滿了我的夜晚。我就像是生了重病的人，得了名叫徐賢秀的病。

我曾一邊想著他一邊自慰。我沒辦法私下呼喚著徐賢秀的名字。我想像著他的嘴唇和潔白的手指觸碰著我的身體，握住我自己的陽具開始套弄。但在射完精後就會有一種非常強烈的空虛感襲來。我感覺自己好像變回了無法與暗戀對象順利在一起的青春期少年。

為什麼會一整天都在想他⋯⋯

其實，我也知道是「為什麼」。

我必須承認。我迷戀上徐賢秀了，而且是從第一眼開始。

＊＊＊

喜歡他的心不知羞恥地越來越強烈，但因為沒辦法表露出來，只能靠一直欺負徐賢秀來發洩自己的欲求不滿。

就算我知道自己有多麼幼稚，但還是沒辦法停止惹怒他跟做一些討人厭的事情。故意買他不喝的罐裝咖啡；在他跟李宥晴講話時故意插話、影響他；一直胡鬧到他心煩意亂。我盡可能讓自己被徐賢秀討厭。

我沒辦法討厭徐賢秀是最嚴重的問題。我是一個想要被喜歡的孩子注意、幼稚的死小鬼。

雖然很像變態，但我也不能否認，當我看到對我發脾氣、怒罵、不耐煩的徐賢秀，我的心情就會變很好。

而我也知道一件事，如果我不這樣欺負徐賢秀，他對我就會跟對其他同事一樣。他就常常連我們組朴俊範的名字都會搞混。一想到如果他這樣對我，感覺這世界上所有的憂鬱都會向我湧上來。

徐賢秀討厭我。

這是一個不可否認的真命題。

徐賢秀不喜歡碰到我的身體。

這毫無疑問的也是個真命題。

那麼徐賢秀會跟我做愛嗎？不，不會。

這個對我來說也是個真命題。至少在「那天」之前都是。

就是公司聚餐那天。比較熟的幾個同事一起去新開的酒吧。因為店家說只要一口氣喝掉半瓶伏特加，就會免費招待啤酒，徐賢秀意氣用事之下才造成了問題。

「哎呀，徐組長不行啦，我來吧。」

雖然會很有趣，但我擔心他會喝醉。至少光看體型，我比他有更多空間可以裝酒。

但是，在我要準備站起來的時候，他一把抓住我。

「請給我伏特加。」

在旁邊的金部長發出「喔喔」的驚呼聲，我用擔心的眼神看著他拿著伏特加酒瓶牛飲的樣子。

果不其然，徐賢秀不到一個小時就已經爛醉如泥了。問題是，他本人不知道自己已經爛醉如泥。

「喂，徐組長！你還好吧？」

他搖搖晃晃地走向廁所，金部長在他背後喊著。

「我去看看。」

我起身進廁所。他的上半身向右傾斜約三十度，搖搖晃晃的樣子，就像在跟洗臉台進行什麼武術比賽。

「喂，你沒事吧？」

徐賢秀把我推開——假裝是要把我推開——想要走出廁所。我緊抱著他，他身上散發出的不是酒味，而是很好聞的味道。

「哎呀，第一次看到徐組長喝到這麼醉。」

我明明很擔心，為什麼嘴角卻一直上揚呢？在我胸口磨蹭著頭的徐賢秀比平常溫順好幾倍。喝醉發熱的他就好像小動物一樣。

「白組長……」

「幹嘛？」

「你，為什麼不快點把我吃掉……」

我因為無言以對而笑了出來。你說我不把你吃掉？

「我？」

「沒錯，臭小子。我……我知道你非常討厭我……你這個用蛋白質補充劑泡發的虎多力……」

「什麼？」

用蛋白質補充劑泡發的什麼？虎多力？因為他是設計師，所以才有這種創意的說法嗎？因為我真的不知道該回他什麼，這次我笑得更大聲了。我想把他拉出去搭車，送他回家。

「臭小子，我對你的屁股沒興趣……那個時候，外宿研討會的時候……」

但是他接著說出口的話，讓我的心沉了下去。

「我的嗜好不在屁股……是另一邊的……」

我放開了從他背後抱住他的手臂。徐賢秀把我推開後，搖搖晃晃地走出廁所。

如果我沒聽到他這樣講，反而還比較好吧。貪欲，都是在知道可以得到對方的時候開始。

我的心臟瘋狂地跳動。我感覺到臉發紅發燙。就好像是偷看到他的內褲一樣害羞。

我打開冷水，發了狂似的洗臉。我看著鏡子，念了好幾次的咒語。

醒醒啊，白榮燦！徐賢秀是這個世界上最討厭我的人！

但是一點一點冒出的壞心眼，最終開始變成了貪欲。就在剎那之間。我從廁所出來後回到座位上，徐賢秀因為喝醉靠在我上半身。要是平常的徐賢秀，是連想都不敢想的事情。他還更進一步把額頭靠在上面磨蹭，就像是一隻要把自己的氣味沾上去的貓，甚至還一邊摸著我的手臂，嘴裡一邊自言自語。

我因為沒辦法冷靜下來，所以打開手機傳了訊息給我妹妹。

榮惠，我該怎麼辦～QQ

怎麼了？公司聚餐？等等。

訊息回覆連三十秒都不到，我妹妹就打電話過來。雖然想要出去講電話，但徐賢秀在旁邊緊緊靠著我，根本沒辦法離開座位。

「幹嘛？」

——什麼幹嘛，你不是因為想要逃掉公司聚餐，所以在求救，要我打電話給你嗎？

「不是這件事。」

——要不然？

我偷看了一眼在我旁邊揉捏著我的手臂的徐賢秀，然後嘆了一口很長的氣。徐賢秀的手從我的側身滑過，而我同時也感到全身酥麻。我不自覺、動作粗魯地抓住他的手。

「沒事，算了。早點睡。不要到處閒晃。」

我也不管她會嘮叨什麼，就把電話掛了。

「徐組長，要不要回家了？要我送你回去嗎？」

我在他面前揮了揮手。

「喂，白龍燦……」

什麼白龍燦，是誰的名字啊？怎麼可以發出這麼可愛的發音呢。我不想讓別人看到他這個樣子，所以我把他的上身挪到我的膝蓋上躺著。

「你喝醉的話就睡吧。」

要是維持這個狀態下去，那我好像會有危險。我知道現在必須把他扶起來，然後把他送回家。這個世界太可怕，我不能放他自己回去，所以我必須送他回家。但是，現在沒辦法馬上起身，都是因為小燦燦這時起了反應。

徐賢秀從剛剛開始就一直在摸索我身體各處。一開始只是撫摸我的手臂跟肩膀，現在乾脆開始明目張膽地撫著大腿。幸好酒吧的燈光昏暗。其他同事都在聊天，沒有心思去注意。

我以為徐賢秀的手在探索我大腿中間危險的地方是我的錯覺。

我以為是因為我暗戀他，所以才會有這種感覺。

「好想吸喔……」

我的小弟弟過了三十歲還是非常健壯，他一邊揉著然後嘴裡一邊說出這些話，當我一聽到後，讓我保持穩重的理性瞬間飛走了一半。

「什麼？」

我跟他對看。徐賢秀本來迷濛的眼珠，突然間清晰了起來。哎呀。腦中的燈突然亮了起來，忽然有各種想法跑了進來。徐賢秀常常想要贏過我，徐賢秀有著想跟我競爭的念頭，要刺激徐賢秀很簡單。他意外地非常單純。

「那要吸吸看嗎？」

為了不要讓他畏縮，我轉動著眼睛，盡可能露出善良的笑容。我絕對沒有想要強迫你的意思，徐賢秀。這個問題是在徵求你的同意。

「……白組長。」

徐賢秀的聲音一瞬間冷淡下來。剛剛叫出「白龍燦」這種模糊不清的發音也變得清晰。他直直盯著我看。他的表情應該是意識到自己做了什麼事。

「你能為你講過的話負責嗎？」

好耶。我內心高興地大喊。我壓抑住自己想立刻緊抱住他大喊「當然」的心情，然後故意發出「哼」的聲音笑了一笑。

「這應該是先講出口的人要負責吧。」

就這樣，我們寫下了我們的第一個「歷史」。

床上的徐賢秀比我想像的還要可愛十倍、性感二十倍。他坐上來一邊喘氣一邊搖，光是那樣的他就已經讓我十分興奮。

「呼哈、葛格（oppa）、呼哈、慢一點……」

這樣下去好像馬上就會射精，我開始胡言亂語，然後不斷由下往上頂。我也不知道我說了些什麼。

「閉……嘴……唔嗯。」

徐賢秀在我上面盡情地擺動他的腰，然後緊緊夾住我的肉棒。真的快受不了了。全身的感覺都傳到我的下體。我很難勝過那緊緊夾住的力量。

每當內壁緊緊夾住我的肉棒時，我就能真實感受到我正插在他的身體裡面。比起下面的快感，這種真實的感受在我腦中的快感更是強烈。我的全身像是要被徐賢秀吸進去了。

那天，至少以我的標準，是一場讓人舒服得要命的性愛。我覺得已經達到身體能夠感受到的快感最頂峰。但是，我不敢保證徐賢秀是不是也是這樣。

他半夜就像是斷了氣一樣地睡著了。我沒辦法入睡。讓我在這個床上一直想念，讓我憂鬱的那個當事人就躺在這裡，我怎麼睡得著呢。

徐賢秀不知道我在欣賞他的臉，已經沉沉地入睡了。

睡到不省人事。

比起工作中的徐賢秀，睡著的徐賢秀看起來更溫順、更稚嫩。我認識的人是「徐組長」，而躺在我床上的是「徐賢秀」。

我仔細地觀察他筆直的額頭、完美對稱的眉毛、比平常跟溫順的眉宇，然後用食指指尖輕輕搔動他的眼睫毛。徐賢秀眉間一皺，然後翻身過去。我嚇了一跳，迅速把手收回。我很害怕可能會把他吵醒，幸好他只是喃喃自語說了一些聽不懂的話，然後又繼續睡下去。

我跪在床邊，繼續欣賞以對角線佔據在我床上睡著的徐賢秀的外貌。凌亂的棕色頭髮、堅挺的鼻梁、紅潤的雙唇，還有他偏瘦的身體線條，整體而言是很細心精明的形象，跟我完全不一樣。不只是個性不同，連長的樣子也完全相反。我常聽到說我是好男人形象，那麼他是……

可愛……

沒錯，就是「可愛」。

我還是第一次看到一個超過三十歲的男生、一個跟我同年的男生，會有這種感覺。怎麼有人可以長成這樣？

在休閒之都上班到現在，看到徐賢秀的臉已經不下數千次，但這是第一次看到他沒有任何防備的樣子。這點讓我有點自豪。徐賢秀的這一面只有我知道，我的心情非常激動。

我用溫水浸溼毛巾，幫他擦了身體每一處。不知道是睡得多熟，我在幫他擦身體的時候，他完全沒有醒過來。

還以為是非常敏感的人，但睡覺的時候卻非常遲鈍呢。這是在說他很可愛。我偷偷地笑了，幫他蓋好被子。

一直到早上我都沒辦法入睡。他就在旁邊，我根本睡不著。好不容易睡著後，體感還睡不到十分鐘，他就踢了我的背，我才勉強起床。

「給我起來，你這傢伙！」

聽到他威脅的語氣，我想他已經回到平常的徐賢秀了，一方面覺得鬆了一口氣，另一方面也覺得很可惜。感覺只有我一個人經歷了昨天的事情，內心忍不住悲傷。

但是，如果他希望什麼事情都沒發生，那我也得要像是什麼事情都沒有發生一樣。我偷看身體蜷縮、坐在床上的他，然後我去喝了杯水、做了伸展運動。雖然賢秀很在意我，但似乎不知道我在看他。

「我先去洗囉。」

我慢慢走進浴室，浴室門「碰」關上之後，立刻就有回到現實的感覺。

我在做什麼？

我打開蓮蓬頭，看著鏡子，嘴巴張到最大。鏡子裡面站著的是，一個跟自己暗戀對象發生一夜情、像是笨蛋一樣的白榮燦。

我現在所有的注意力都在外面那個人身上。我隨便刷了刷身體、頭髮洗一洗後就很快地走出浴室。

賢秀身體只裹著被子坐著，一看到我就像是全身毛髮都豎起一樣警戒著。眼神表現出非常不自在。

「去洗吧。」

「嗯……」

在他洗澡的時候，我也在魂已經飛走一半的狀態下為上班做準備。領帶已經不知道是繫在脖子上還是繫在鼻子上，我還專注在浴室裡落下的水聲。我擦了乳液、頭髮向後梳，在這種時候我也沒辦法好好站在化妝檯前，一直在浴室前面徘徊。我一直想著要不要敲門，但感覺會被罵，然後又把拳頭收回來，就這樣不斷地反覆。

我該怎麼辦才好？可以跟他說一起去上班嗎？

我腦中已經浮現我跟他親密地吃著早餐，手牽手下去停車場的畫面。我立刻搖了搖頭，甩開這些想法。

不對、不對。我甩掉這些想法，而「徐賢秀討厭我」這個標題像是警告文一樣在我腦中亮了起來。

我已經全部準備好了，當還在考慮、徘徊的時候，賢秀從浴室裡走了出來。我立刻往玄關走去，然後穿上鞋子。

「喂，那個，我先走了喔。門關上就會自動鎖起來了，你直接關上就好。公司見。」

我感覺到他瞪著我的銳利眼神。我立刻關上門，像是在逃命一樣搭上電梯。

一直到公司我才發現到我沒穿襪子。

那天一整天，我害羞到快要發瘋的地步。昨天在我上面扭動的賢秀，現在穿著整齊襯衫坐在辦公桌隔板另一頭工作。光是這件事就已經讓我的迷你象抬起它的鼻子，做好準備。

雖然我根本沒辦法好好工作，但還是勉強盯著螢幕跟資料看。當我在確認企畫書、檢討採訪組傳來的檔案、跟客戶講電話的時候，我盡力不往賢秀的方向看。因為我沒有跟他對看的自信。

「組長，有什麼事嗎？」

不會看狀況的朴俊範問我。他平常就非常不會看狀況，只有在沒必要的時候才會察覺到什麼。所謂沒必要的時候就是今天這種日子。

「我不知道，這是什麼情況……」

「什麼？」

一看到他一臉呆滯推起眼鏡的樣子，我就嘆了一口氣。

「過去把那個印出來的紙拿給我。」

「好。」

我假裝看著朴俊範的背影，然後偷看賢秀。他不知道哪裡不舒服，一直在抓褲管跟調整坐姿。

「呼……」

我決定要冷靜思考，然後深吸了一口氣。這樣說不定也是件好事，這是拉近我們之間關係的第一步。

我在腦中模擬我的行為會帶給他的影響。準備、預測結果、失敗的應對，跟計畫沒有太大的差別。我腦中「企畫案A——0988，與徐賢秀的關係增進方案」的結論如下。

徐賢秀很容易害羞、好勝心很強、很固執。所以說，刺激他的方法就只有一種。

無視他吧！

我的作戰竟然成功了。其實，我認為賢秀不可能會喜歡我，所以只是想要試著引起他的注意，但是他比我想的還要更加不安。讓我有種意外收穫的感覺，雖然還是很茫然，但這是件讓我興奮的好事。

如果賢秀知道了，可能會覺得我是變態，但我喜歡看到他生氣的樣子。不生氣的賢秀非常冷淡、可怕，甚至會不理我。

不管怎樣，我跟賢秀一直維持一個不上不下的關係。我們會定期做愛，然後也會睡在彼此家裡。

直到暈過去之前不斷地被我衝撞的賢秀，跟醒著的他完全不一樣，非常地溫順。我偷偷地親了他的額頭，也撫摸了他的頭髮。

我希望賢秀能夠放鬆自己。他無時無刻都在武裝著自己，一點都不想讓別人看見自己狼狽的模樣，想要追求完美的樣貌。我對他這個樣子感到不捨。看到賢秀就像看到一隻髒兮兮的受傷流浪貓一樣。是一個邊舔邊梳洗著自己的身體，卻找不到自己的傷口在哪裡的流浪貓。

＊＊＊

「你知道嗎？聽說徐組長要被Elune挖角這件事，這可不是件小事。」

第一次聽到這個傳言的時候，我認為這只是個假消息。徐賢秀是會去哪裡。他可是休閒之都的組長。

「聽說條件非常好。」

但是傳言接二連三地傳開，甚至傳到中間主管階層。我只能直接跟賢秀確認，而他也沒有否認。

「……目前還沒有正式談過，我跟他說我會再考慮。」

我對他立刻說出口的答案無言以對。我既鬱悶又憤怒。結果，我對他而言什麼也不是，還以為一起工作這麼久，至少也還是個同事。

「為什麼沒跟我說？」

賢秀看著我的臉色。他知道我在生氣，但似乎不知道我為什麼生氣。我感到全身沒力，這種無力感就像淚水一樣湧了上來。

「你到底把我當成什麼？」

其實我也知道答案是什麼。我是個讓他厭煩、跟他身體纏綿過幾次、連同事都算不上、只是個讓他有點討厭的人罷了。我對他來說什麼都不是，所以我什麼事情也都做不了。這件事讓我痛苦到快窒息。

「有什麼問題嗎？重新選一個設計組組長不就行了嗎？」

看他一臉不解的表情，我感覺像是被插了一刀。是我自己要對他產生感情、是我自己一個人在興奮熱情，這不能怪他，但那一刻我非常地生氣。我就這樣轉身離開了。

那天之後，我跟賢秀整個截稿期都在冷戰。傳訊息時，也只傳了必須要轉達的內容，兩個人都故意躲著彼此。

我從來沒料想到，被賢秀討厭是那麼痛苦的事情。我的心一天內不斷反覆好幾次討厭他跟希望獲得他的原諒，雖然我也不知道這種行為是否能稱為原諒。

好想你。

自從我跟賢秀吵架後，「好想你」這句話的意義就改變了。就算一整天都在一起工作，但是眼神卻連一次都沒有交換過，這讓我悶到快瘋了。我就像生病了一樣，全身感覺病懨懨的；就像消化不良似的，整個心窩悶得要命。

在緊湊的截稿行程中，我回家睡了兩個小時，然後在洗澡的時候下定決心，絕不能再這樣子過下去。我趕快洗好身體，穿上衣服，我想在上班前先去賢秀家看看。

我邊穿襪子邊確認著時間。清晨五點十六分。如果現在出發，那到他家前面時就可以碰到他。沒經過他同意找到他家附近，會讓他很有壓力，所以我想就在附近等他，尾隨他去上班，然後再假裝在公司停車場巧遇。

我在賢秀家附近停好車等他，還在便利商店買了兩個便當吃。這幾天不知道是不是因為心靈很空虛，吃的量變得很多，但是卻好像越來越瘦，讓我很煩惱。不能連肌肉都消失……我知道賢秀很喜歡我的肉體。

雖然一下子就吃完了兩個便當，但這期間我也沒有放下戒心。我確認很多次時間。我擔心手錶壞掉，所以也確認了手機上的時間。

就在我準備丟掉空的便當盒時，發現有人站在他家樓下。是一個身高矮小、臉黑黑的男人。看他環顧四周的樣子，用一隻眼睛看都看得出來他很奇怪。

我感覺到非常不舒服，上前靠近想要查看。那個男人一直不斷盯著賢秀家停車場的出入口，然後又抬頭向上看。不管怎麼看都很奇怪。

停車場出入口的警示音響起，從地下室開出來的是賢秀的車。我立刻躲了起來。車子順利從停車場出來後，我立刻要回到自己車上，但跟剛剛的那個男人對上了眼，他正在講電話。

「代表，我確認好了。他現在出門了。」

他說什麼？聽到背後傳來的聲音，我立刻轉身過去確認那個男人的臉。他似乎沒有察覺到我的目光。當我還在遲疑的時候，那個男人就走遠了。

是我聽錯了嗎？

這附近房子很多，進進出出的人也很多。雖然是凌晨，但因為房子跟便利商店很多，所以「他現在出門了」這句話指的人也有可能不是賢秀。但是不放心的感覺還是揮之不去。

因為腦中一片混亂，最後還是比賢秀晚到公司很多。賢秀看到我就吹起冷颼颼的風，而我試圖跟他講話卻失敗，更感覺自己像是笨蛋，只能拿起冷水狂飲敷衍自己。就算這樣還是無法洗去我灰暗的心靈。

隨著時間過去，挖角相關的傳言也越來越難聽。我很想知道傳言是從哪裡開始的。我想要親眼確認，到底是哪個傢伙在散播謠言。公司裡面大嘴巴的人就那麼幾個，要找出來並不難。問題是，這消息背後真正的起始者。

「喂，聽說 Elune 的老闆有那種取向？」

「真的嗎？」

「真的是這樣。這件事我有聽說一點點，聽說他們會把像徐組長那樣白白淨淨的男人帶過去，然後做那件事。」

第一次在廁所聽到幾個男人談論這件事，我都快要翻起白眼了。我握緊拳頭到手掌有點刺痛，然後深深吸了一口氣，發出了一點動靜。正在興奮地亂講話的同事們，看到我之後似乎都嚇了一跳。

我一邊洗手，一邊透過鏡子解讀他們的表情。表情最僵的那個人，就是散播這個消息的起始者。

他們急忙走出廁所，而我緊跟在他們那群人後面，然後抓住那個表情最可疑的傢伙。雖然看得出來他很害怕，但我一點也沒有想讓他鬆懈下來。

「那個事情是從哪邊聽到的？」

「那個……我有認識一個之前在 Elune 上班的人。是那個人告訴我的。這已經是那邊非常盛傳的事情了。」

我抓住那個本來應該要離開的人，要他吐出所有實情。然後我就聽到很多令人反感的事情。實際上，Elune代表會去接觸年輕男性，然後半強迫他們做性交易。

「已經非常多人受害了，但他們都覺得羞恥所而不敢說出來，就算想要告他，也會被Elune封住嘴，所以才會這麼安靜。」

真的是讓人無話可說。所以說，他也是因為這個意圖接近賢秀吧。

正當我在思考的時候，本來站在旁邊的同事偷看著我的臉色，想要趁隙逃離。

「啊，對了，還有啊。」

我一開口他就嚇了一跳。我抓住他的領口，把他推到磁磚牆上。「碰！」骨頭碰撞到的聲音非常大聲，但我一點都不在乎。

「以後如果再隨便亂說話，在送你去人事部之前，你就會先被我揍一頓。懂了沒？」

他因為嚇到而回答不出來，眨著眼睛的模樣非常可笑。這點勇氣都沒有，還敢這麼多話。

「我問你懂了沒！」

我突然大聲嘶吼後，他才猛點頭說：「懂了、懂了。」

那個男同事回到辦公室後，我繼續留在廁所好一陣子，用力動腦思考。要直接跟賢秀說嗎？不行，想就知道以他的個性只會造成反效果。這只會傷到他的自尊。因為現在正當截稿期，已經累積了滿滿的工作，但是因為心裡不安到已經忍耐不下去了。「不管怎樣，最好不要去Elune」「那傢伙沒有跟你提出奇怪的建議嗎」「他沒有散發出不尋常的跡象嗎」我想問的這些話，都被我吞回去了好幾次。不知道賢秀有沒有察覺我的心境，他現在就像被惡鬼附身一樣拚命工作。

我真的快要難受死了。

當然，最讓我難受的就是賢秀本人。

地獄般的截稿期結束那天。大約在下班時間左右，外出洽公回到辦公室的路上，看到外面停了一台陌生的車。駕駛座上坐著一個看起來約三十快四十歲的男人。

雖然要是平常，我就會這樣走過去，但他把車窗搖下來，一直觀察路人的樣子非常奇怪，所以我就上前靠近。臉看起來很熟悉又很陌生。有點消瘦的臉頰看起來讓人非常沒有好感。

那個男人看向我。本來盯著臉看的視線，往下移到我的員工證上面。

「您是休閒之都的員工嗎？」

我沒有回答，低頭看著那個男人的臉、眉頭深鎖。因為我與生俱來的塊頭，只要我眉頭一皺，大部分的人就會害怕。那個男人果然也畏縮了起來，但我也毫不在乎。因為我的直覺告訴我，我眼前的男人是個可疑的傢伙。

那個男人把手伸出車窗外，想要跟我握手。

「您好，我是《Elune》雜誌的代表，我叫朴原浩。」

我的臉突然不自覺地僵掉。這傢伙是朴原浩？跟賢秀提出挖角的那個傢伙？長得一副尖嘴猴腮的樣子。

朴原浩看到我沒有回答，他就尷尬地把手收回去，然後觀察我的臉色。卑鄙又骯髒的男人。那樣的東西竟然是一個雜誌的代表，我不相信。

「那個，我在想是不是可以找徐賢秀組長聊聊，所以……」

「請進去換訪客證。」

「啊，是啦……」

我直截了當地說完，他立刻就支支吾吾起來，那個樣子讓人看得很不順眼。他當然是換不到訪客證，因為他根本就不是來公司拜訪的。

「如果不想被誤會的話，就請回吧。」

雖然跟我們比，Elune是非常新的公司，但仍然是競爭公司。雖然不知道其他公司是怎麼樣，但這樣子突然來訪競爭公司的辦公大樓，是非常失禮的行為。

我說的話與其說是勸告，更像是威脅。我不自覺擺起了凶惡的表情，更握緊了拳頭，看起來就更有威脅性了。但是朴原浩再次尷尬地笑了笑，露出為難的表情。

「我有些私人的事情想跟徐賢秀組長講。」

唉，看看這小子，不管怎樣就是講不聽。我的手放到車身上，上半身稍微傾斜，然後用沒有任何語調的口氣補上一句話。

「我跟您說過請您回去了吧，現在是第二次跟您說了。」

朴原浩太陽穴流著汗，但還是勉強笑了笑。

「白榮燦組長說話有點……」

「碰！」我捶了一下車身。朴原浩現在也笑不出來了，看起來很害怕。

「我也不是要做什麼壞事，只是有私約，您這樣太過……」

「如果有私約，請直接連絡徐賢秀組長。不要再做這麼明顯的小動作了。」

朴原浩的眼睛瞪大。他看起來就是害怕得沒辦法發火的表情。

「這樣子跑來這個地方露臉，不就是想要逼迫我們的職員，然後讓更多人看到嗎？為了讓徐賢秀組長離職的消息能夠傳得更廣、想要製造更多麻煩。」

我挺起彎下去的腰，然後用手調整領帶。

「另外，我們徐賢秀組長說沒有離職的打算。」

「我沒聽他說過，這是他本人親口說的嗎？」

這種硬是不想接受的樣子看起來很可笑也很可悲。

「如果你沒聽他說，那看來他是不知道怎麼跟你說呢。」

我重新提好公事包，然後側了一下頭。雖然我沒有笑，但他應該有察覺到我有嘲笑他的意思。

「難道是有什麼原因，讓徐賢秀組長覺得跟代表有疙瘩嗎？」

我接下來的問題是個警告。朴原浩直直盯著我看、輕輕咬住嘴唇。我向後退了半步，再轉身之前又再多補了一句。

「在我通知公司之前，請你多加小心了。」

最後一句話也是警告。我逆著湧出的下班人潮，往大樓裡面走了進去。

搭電梯上樓的過程，心中不對勁的感覺一直都無法消去。如果賢秀遇到了那傢伙該怎麼辦？不管怎樣，一定要讓賢秀知道，但我害怕跟他說出「他要挖角你是別有用意」這句話會影響到他。他會覺得並不是因為他本人的實力才被挖角。而且更關鍵的是，我們現在還在冷戰。

辦公室的燈關著，賢秀一個人留了下來。今天是截稿期結束的日子，大家應該一到下班時間就會立刻離開，為什麼他還沒下班呢？賢秀的這一面，那些有如尖刺、我所不熟悉的那一面，都讓我覺得很茫然。

「噠噠、噠噠。」我慢慢向他靠近的腳步聲聽起來特別大聲。

「你還好吧？」

他躲開了我的視線，就像平常一樣。

「賢秀。」

「……不。」

但今天跟平常不一樣。他身上那些我所不熟悉的、非常銳利的尖刺都立了來，然後他開始落下淚來。

「不好。」

我小心翼翼地向他靠近一步。平常要撰寫企畫案的策略欄位對我來說非常簡單，但我們之間的關係要如何進一步，我不管怎麼想，就是規劃不出來。

「請你粗暴、隨便對待我，什麼都不要想。」

你說的那句話，在我聽來是要我解救你。

我再也忍不住了，我用盡全力緊抱住在我面前的賢秀。

在辦公室肉體交纏的時候，我一直覺得他很痛苦。但另一方面也很感謝，因為他求救的人是我。每次身上都帶著刺的他，第一次表現出自己痛苦的一面。

＊＊＊

Elune 的老闆再也沒有出現在我們辦公室。但是，我還是覺得他又會再來接近賢秀。

幸好我跟賢秀假日都待在一起。第一次在截稿期結束後，跟別人一起相處這麼長的時間。賢秀露出了點笑容，心情舒暢了不少，不想去想複雜的事情。我們一起看電影，去完書店後一起逛街，晚餐一起喝酒。

「不是每一個電影都有好的結局吧？我覺得這樣子比硬要讓人笑來得好。」

我認識的徐賢秀自尊心很強、很細心，雖然他自己不知道，但他也很遲鈍。

「這是對幸福的責任啊。一切都會變好的。就像是你會希望自己用一小時四十分去愛的角色會吃好穿好一樣？」

我們一邊討論著關於快樂結局的話題，我也希望賢秀跟我在一起的時候能夠很安心。但是，他現在好不容易才跨出這一步，我也不想硬是拉著他前進。跨越這條線是他自己該做的事。我只會在他的這一步旁邊，張開雙臂等候。

看到賢秀確認著住家停車場四周的樣子，我變得更加不安。幸好他願意跟我待在一起。要不然，我也打算在他家附近巡邏一整夜。

「在床上抱著我睡吧，今天就好。」

徐賢秀「拜託」我了。就是那個徐賢秀。光是這件事，就讓我感覺像是完成了一個大任務一樣。

「晚安，賢秀。」

被我抱在同一個床上的賢秀，就像是柔軟蓬鬆的麵包一樣，又甜蜜又柔軟。

從他入睡到他睡醒，我都一直抱著他。如果可以，我想把我的睡眠也分給他。

隔天，我們一起去上班。一邊開車一邊覺得幸福洋溢，但心裡的某一個角落還是覺得不放心。這都是因為朴原浩的關係。

朴原浩會放棄他嗎？但是，像他那種罪犯，通常都會對目標非常執著。我腦中一直想起賢秀在停車場神經緊繃的樣子。

幫我調查一下 Elune 的代表朴原浩。前科紀錄之類的東西。

我考慮了一下之後傳了訊息給妹妹。我從沒想過，有個念法學院、擁有檢察官人脈的妹妹，會在這種時候派上用場。

我整個早上都因為一直在等待回覆而魂不守舍。甚至是在開會時，都沒聽見金部長叫我的聲音。連遲鈍的賢秀也注意到了，那也代表我表現得很明顯了。

「怎麼了嗎？」

他問道。我該怎麼回答他好呢？

「唉唷，我想不起來剛剛出門的時候有沒有把燈關起來。」

我一直不斷在說謊。

下午的時候繫了跟賢秀借的領帶外出開會。在等合作廠商的時候，順便買了條要送他的領帶。我敢保證，這條灰藍色的領帶是我那個月買過的東西中，最讓我滿意的花費了。因為光是想像他之後繫起來的樣子，就已經讓我興奮不已。一想到我送他的東西，被他保管在他的空間裡，我的心情就好到不行。

不知道是不是因為心情好，所以會議也很順利。

「要一起喝一杯酒嗎？」

合作廠商的人問。我露出我最大歉意的笑容。

「這個嘛……我也很想去，但我已經有約了。」

當然是沒有約。我計劃要去賢秀住處附近稍微巡視一下。像朴原浩這種陰險的傢伙，就算做出跟蹤騷擾的行為也一點都不奇怪。我也不是期待能在賢秀家附近遇到他才特地過去的。我就是雞婆才過去巡邏的。

「難道是跟另一半有約？」

雖然是沒有任何意義的問題，但我的內心卻莫名地騷動。我輕輕地點了點頭，像是一個說謊的小孩子一樣。就像是自己一個人在偷偷談戀愛的感覺。

跟他們分開後，我確認了一下手機。我妹妹傳了訊息過來。

雖然還需要多調查一下，但這個傢伙可不簡單~~非常地骯髒卑鄙。我再多調查一下之後再跟你說。

因為這則訊息，讓我的雞婆有了正當性，而我也變得嚴肅起來。

巡視一圈後，搭電梯到賢秀家那層樓，然後再回來。

在附近找到車位後，我就決定這麼做。不知道能不能從下面分辨出是哪一家的窗戶，所以我拉長脖子觀察。

都不知道是誰在跟蹤了。

我很快就拋掉這個突如其來的想法。我不是跟蹤狂，朴原浩才是跟蹤狂啊。

從車子上面下來，繞了建築物一圈後，上去到賢秀他住的那一層樓。上樓時就有種不好的感覺，一下電梯就看到有人在走廊上走來走去。就在賢秀家門口前。

搞什麼。

一開始在想是不是朴原浩，但並不是他。是個臉偏黑、體型瘦小的男人。我認出他來了。這個男人是之前凌晨時在這棟建築物附近見過的人。

我向他靠近，那個男人看了我一眼後，就悄悄地往電梯方向走來。看起來像是要逃跑。

「喂。」

就算我叫他，那男人也沒有回答，反而還把頭低下去。走廊上只有我跟那個男人。我故意讓皮鞋發出「叩、叩、叩」的聲音，然後朝著他走來的方向走去。我們的距離越來越近。

就在快要擦身而過時，我就抓住那男人的領口，摀住他的嘴巴，拖到樓梯間。

「你是誰？」

「什麼？」

我用前臂壓住他的身體。那男人發出難聽的聲音，痛苦不堪的樣子。

「你是誰，為什麼在賢秀家附近閒晃？」

我發出了連自己聽到都會打寒顫的聲音。那男人摸索著拿在手裡的手機。我搶過手機，把它丟了出去。在本來就已經很窄小的樓梯間裡，手機掉落摔碎的聲音變得非常響亮。

「有人派你來監視賢秀的吧？」

我沒有問那個人是誰，但看到他的眼神都變了，我更百分之百確定。

「你是朴原浩派來的吧？」

第二次的問題也一樣。我一股火衝上腦袋。我拚命壓抑，忍住自己想要立刻毆打他的念頭。

「朴原浩為什麼要監視賢秀？」

這次那個男人還是沒有回答。

「喂，不回答嗎？」

當我在平息我又燃起的怒火時，那個男人用兩隻手，使盡全力把我推開。雖然我們體型差異很大，但因為太突然地被推了一下，我就被推開了。一下子就讓他逃走了。

「這臭小子……！」

他沿著樓梯往下跑，我緊緊追在後面。終究還是被我抓到了。那傢伙被我抓住後死命地掙扎，然後就是一場非常激烈的打鬥。我的鎖骨和肩膀附近都被他重重打到。雖然他體型矮小，但是拳頭卻非常有力。

我們纏鬥了一陣子後就分了開來。那男人保持警戒狀態，退到離我三四步的距離，彎下身子。我毫不猶豫地向他靠近。

「啊，我就是聽從命令辦事的！」

看到他把手放進懷裡，本來想去壓制，但是慢了一步。那個男人拿出一把手掌大小的刀揮舞著。我反射性動作把手舉起來。手背感覺被一個尖銳的觸感劃過。

「滾開，媽的！管他徐賢秀還什麼的，在我捅你們之前都滾開！」

一聽到他說的那些骯髒話語，我就失去理智。我大步朝他逼近。我抓住他的手腕往外一扭，發出「喀啦」的聲音，一聲慘叫後刀子也隨之掉落到地上。

我揮出拳頭，看到什麼就打什麼。「碰、碰」撞擊在肉上的聲音，還有拳頭碰到的觸感，似乎都不是屬於我的。

不知道打了多少拳。直到血花四濺和那傢伙的慘叫聲變小的時候，我才回過神來。本來抓住的領口，也被我像是丟棄一般甩開。

「你好好轉達給你老闆。要是再來監視賢秀，我就會去追殺他。」

那傢伙全身是血，在地上爬了一下後站了起來，然後就順著樓梯往下跑走。我這次沒跟上去，放走他了。

「唉……」

我身心俱疲地隨便在樓梯上坐了下來。搓了搓臉後就感覺到全身各處都湧起了疼痛，這也才發現到本來沒注意到的傷口。

我每次都是這樣慢一拍。直到爸爸過世之後，我才原諒了他；直到媽媽躺在病床上的時候，我才假裝開朗。

幸好這次沒有太晚。雖然我總是落後一拍，但我很想要跟上他的速度。

我拿出手機，呆呆地看著手機螢幕，然後打開通訊軟體，打開跟賢秀傳的訊息。

晚安。

我傳送完訊息後看了一下手機畫面。明明他就在十幾公尺外，但今天卻感覺他更遠了。過沒多久就收到了回覆。

晚安，明天見。

我向後仰頭，後腦杓靠在冰冷的水泥牆上。嘆氣聲在走廊上傳開。沒錯，今天應該真的可以好好睡覺了。你也是，我也是。

在那之後，我還是隨時都會去賢秀家附近觀察。雖然賢秀沒有發現到我在四周打轉，但那一點都沒有關係。他自己可能也不知道，他出乎意料地遲鈍、善良、沒防備心。雖然賢秀在這些方面讓我覺得很心急，但這也讓他變得更可愛。

第一次看到朴原浩那傢伙在巷子裡往賢秀靠近時，我氣到都要翻白眼了。不對，事實上已經翻了白眼，然後我就撲了上去。

雖然我跟賢秀誇海口說，那傢伙做了這些壞事，所以沒辦法告我，但那天跟賢秀分開後，我立刻打電話給我妹妹，問她有關傷害罪的成立條件。本來只想大致說明一下，但在她的逼問之下，最後我也就只能實話實說。

——你這個神經病，你就因為這樣打人？

「要不然怎麼辦，他是講不聽的傢伙啊！」

從她發出嘖嘖的砸嘴聲，我就能知道妹妹覺得自己的哥哥有多麼不像話。

——隨便啦，你自己解決吧，我很忙，要掛了。

「榮惠，喂，等一下！」

電話掛斷之後，雖然我開始擔心朴原浩會告我傷害罪，但有一件事我敢打包票。那就是那傢伙之後絕對不會再來招惹賢秀了。我一想到這個，我的擔心就全消失了，心情反而還變好，甚至還噗哧笑了出來。

其實在這之前，我都沒想過賢秀會跟我變成情侶。雖然我喜歡徐賢秀，但是我已經很清楚知道，徐賢秀對我的感覺是百分之五十的沒興趣、百分之四十的憎恨。

但是，自從我無意間聽到徐賢秀有可能會去美國後，情況就改變了。我沒辦法就這樣跟他告白，但也沒辦法讓他去美國。一想到那些金髮碧眼的女生或是那些同性戀會來糾纏徐賢秀，我就要瘋了。

「賢秀，我喜歡你。」

你知道賭上那最後的百分之十的心情嗎？在那之後好幾天，我的心就像急速下降的曲線圖一樣散落一地，我不斷撿了又撿。甚至還因為晚上夢到賢秀被一個金髮碧眼的同性戀告白而驚醒過來。我在出差南下的客運上搜尋美國的治安有多差，心裡不禁非常地焦慮。

「我也喜歡你，不要走。」

而最後從他那邊聽到這個答覆的瞬間；他拉著我像是在說著需要我的瞬間；在那當下，我邊確認著電梯裡的監視器，親吻著他，害怕我內心過於高漲的情感會傷害到他，而盡量克制住自己的那一瞬間，我就百分之百確定了。

我敢保證，發生在我身上或是即將發生在我身上的大大小小奇蹟中，徐賢秀是最棒的。

＊＊＊

徐賢秀自尊心很強、徐賢秀非常精明、徐賢秀非常重視效率。

徐賢秀睡覺的時候，會把臉貼在枕頭上睡。睡覺的時候隨便抱他、親他，他都不會生氣。

徐賢秀喜歡把我抱到快不能呼吸。徐賢秀有點享受我叫他「小貓咪」。

還有，徐賢秀喜歡我。

確認這些全部都是真命題為止，並沒有花多少時間。

雖然曾經想著要去窺探賢秀的創傷，這是我太過傲慢也是我的誤判，只靠確認他的創傷並不能了解他。

但是越是透露我的創傷、我的不堪、我的過去，反而感覺到我像是在學習賢秀。這就很像照著鏡子、學習動作。

在一段感情中，能夠像是邊看著鏡中自己的身體邊學會人生第一支舞蹈一樣，跟對方學習的機率有多少？

能夠幸運遇到這樣的另一半是有多麼珍貴？

「要一起……住嗎？」

賢秀提出的同居要求對我來說有很大的意義。這是因為家人的關係而吃了不少苦的他，能夠接納我成為他的家人的過程。

「不過，你要搬來我家。嗯……當然生活費要對半分。我不喜歡洗碗，所以那個由你負責，我來做其他事情。」

他氣呼呼的樣子根本就像是隻狐狸。本來想要問他你的尾巴去哪裡了，開他這種低俗的玩笑，但我忍住沒有講，而是給了他一個火熱的吻。

「賢秀，好可愛。我的賢秀。」

「煩死了，去那邊。」

但他說的跟做的不一樣，他緊緊抱住我的腰。

去米蘭時裝週採訪完回來一週後，我就搬去他家了。我把需要的物品全搬過去，剩下的東西就全部都交給妹妹。

搬完家後，我們全身都被汗水浸溼，交纏了很久。射了兩次、三次，肉棒還是沒有冷卻下來，也許是因為心理影響很大的關係吧。是因為之後每天、每個早晨都可以看到他的滿足感嗎？

「好餓……好累……」

我讓鬧脾氣的賢秀躺著，然後用毛巾幫他擦身體。

「我的小貓咪餓了嗎？要做飯給你吃嗎？」

「太麻煩了……點外送吧。」

「你想要吃什麼？」

「披薩……」

搬家當天不是要吃炸醬麵嗎？雖然腦中突然閃過這個想法，但徐賢秀無條件都是對的，所以我沒多說什麼，立刻就點了披薩。

我站在床旁邊用手機點披薩的時候，他用棉被裹住自己赤裸的身體，只露出眼睛直直地觀賞著我。我感覺到他的視線掠過我的胸肌、腹肌、大腿，我則是用力縮起了肚子。我放下手機後看向他。現在即使我們對看，他也已經不會再躲避、不會再感到害羞了。徐賢秀長大很多。之前還會假裝沒有在看我呢。

我坐在他旁邊，撫摸著包裹著他的棉被。賢秀把額頭靠到我的大腿上，閉起了眼睛。

「小貓咪就好像幸福的魚糕串。」

「一般來說，不應該說是幸福的紫菜飯捲嗎？」

「你每天都被我插，所以是魚糕串……啊！」

我被揮來的拳頭「啪」打到後閉上嘴。就只有在打我的時候動作特別快。

「哼，好痛。」

我撒嬌到一半，就把頭低下去親了他。

「喂，嘴唇又要腫……」

這次換我打斷他的話。如果你以為把自己捲起來就能夠阻擋白榮燦，那你就錯了。我一下子就解開他的武裝，把手指插入已經鬆開的洞。

「呼哈、唔嗯……剛剛才做……」

「嗯，我知道。」

剛剛才做完，身體又熱起來了嗎，你這小子。我現在已經非常清楚他會說什麼話了，直接進攻讓他不能說話才是上策。

「啊嗯……」

不久前才剛抽插完的洞，很容易就可以適應我的入侵了。我才剛把肉棒插進去，就立刻感覺到裡面緊緊夾住我，感覺就像被手緊緊握住一樣。

「賢秀……」

「嗯……」

我抽出一半後再次插入，賢秀的頭就向後仰，脖子緊繃的樣子就像貓一樣性感。我又抽出一半，然後再插進去，他最後還是大聲呻吟了出來。

我看著他，撫摸他的頭，肉棒在溫熱的洞裡瘋狂地抽插。剛剛塗抹得溼溼滑滑的潤滑劑，發出了情色的水聲。每次進出他的身體跟擺動的時候，都可以直接清楚感受到賢秀的身體反應。

比起他的身體本身，他興奮的樣子更讓我興奮。看到他泛紅的臉、鬆弛的眼神，還有想要忍住呻吟，最後還是忍不住又再次張開的嘴，都會讓我發燙到連髮梢都熱起來。

他把手伸向我。為了讓他可以輕鬆抱到我，我把腰彎了下去。

「榮燦……」

我很喜歡他達到高潮時，用混著呻吟的聲音叫我的名字。

我折磨他多久了呢？好不容易幫賢秀擦乾淨的肚子，又沾滿了精液。我用手指一邊折磨他的乳頭，一邊忙著挑弄他的腰，此時有人按了門鈴。

「喔，披薩來了。」

我彎下腰親了他，小心翼翼地把肉棒抽了出來。在這種時候，他後面緊緊夾住我的力量也不容小覷。

「我去拿。」

我起身後用棉被蓋住赤裸的賢秀，而我用毛巾擋住下體，對他眨了眨眼。賢秀像是跑了一千公尺的人一樣疲勞，拉著棉被的一角。從他眼神之中我感覺到了他的埋怨。

外送員看到我的樣子嚇得蜷縮起來，拿出披薩後就急急忙忙地逃掉。我是流了點汗，但他是以為遇到熊了嗎？

我拿著披薩的盒子走進來，抓了一片立刻往嘴裡塞。

「喔，好好雌。顏秀外來雌。」

我邊在嘴裡塞進三分之二片的披薩邊說話，賢秀竟然還能聽得懂我說什麼，然後用棉被包裹住自己走了過來。就算說話含糊不清也能聽懂，我果然是選對老公了。

賢秀看了看放在餐桌上的披薩，本來要伸手去拿，然後又停住了。

「叫你點披薩，然後你點了鳳梨披薩？」

「唔嗯。」

有什麼問題嗎？我看了看披薩又看了看賢秀。賢秀表情扭曲，像是看到了不能吃的東西，接著轉身離開。

「……你全部吃掉吧。」

「喔耶，真的嗎？」

我立刻又抓起一片，但同時在聽到「啪」的一聲後感覺到背部疼痛。

「我正在吃東西，幹嘛打我！」

我因為覺得很委屈轉頭回看他，但我怎麼敢反抗，反抗那個像是要把我殺掉一樣瞪著我看的另一半。

最後，我又重點了一份賢秀要吃的什錦披薩。但也很慶幸我要吃的份因此就變成一份半了。我幫他拿酸黃瓜，幫他倒可樂到他心愛的杯子裡，蒜蓉醬也另外擠到碟子裡，這時候賢秀才終於消氣。

看著在我對面吃著披薩的賢秀，我感覺心緒起伏不定。有時我在吃飯的時候，他總是會用微妙的表情看著我，那時候的他也是這種心情嗎？有種滿足、甜蜜……

「那個，賢秀。」

「嗯？」

「我們要生個小孩嗎？」

「你去懷。」

「生下來後會幫我養他嗎？」

「如果跟我很像我就養。」

那如果跟我很像呢？本來想要反駁他，但還是閉上了嘴巴。沒錯，如果要像也要像賢秀。我自己一個人點了點頭。我的視線突然看到賢秀蠕動的嘴唇。我的愛人吃披薩也吃得這麼性感。我突然從椅子上站了起來，彎下了上半身，抓住他的下巴。

「那麼我們……來弄個小孩吧？」

我認真地問完後，就把我的嘴唇交疊到他蠕動的嘴唇上。賢秀使盡全力把我推開，然後打了我胸口一拳。今天被打了好多下。

「你這個禽獸！」

你現在才知道我是禽獸嗎？一看到他臉又紅了起來，我禽獸般的欲望又再次衝了上來。我走到餐桌對面，抱起了他的身體。他掙扎著到處亂抓，我親了他幾十次來哄他，然後把肉棒放到他大腿上開始摩擦。

賢秀靠在流理台上，又被我的手弄到射精。我也跟他一起射精了。我們維持原本的樣子，交疊了很久。

因為搬家加上我們身體一直這樣纏綿在一起，賢秀晚上十一點不到就睡到不省人事了。我把剩下的披薩全部吃掉、清掉，然後洗完碗後，小心翼翼地整理我的東西。

我用手機看新聞報導，然後參觀賢秀的書桌——我沒有碰他的書，不然不知道明天又要聽他嘮叨什麼——最後就安安靜靜地躺在他旁邊。

我一壓到床的一邊，賢秀就往我這邊翻身過來。我輕輕張開手臂，把他抱在懷裡。我敢肯定，睡覺時的徐賢秀，是所有徐賢秀中最溫順的。

「賢秀。」

「嗯……」

就算是輕聲耳語，還能在半夢半醒中回答我，真的很厲害。我用鼻子在他頭頂上磨蹭。

「我愛你。」

我很想大力抱住他，但怕把他吵醒，所以就只有聞了聞他身體的味道。

「我愛你、我愛你。」

我對他告白兩次。

你應該不知道，在你睡覺的時候，我對你告白了好幾次。以後可能永遠都不會知道，但就算這樣子也很好。

從頭到腳都很不一樣的另一半，睡覺的時候就像塊正確的拼圖，把額頭靠在我的胸口，然後腳勾住我的腰。就像是交往了十幾年一樣，他已經很熟悉了。

我覺得我們彼此之間的關係就像是凹凸相互契合的螺絲。

也許在這樣子彼此碰撞、不斷摩擦後，漸漸就會成為相似的圓。

「……我愛你。」

我再一次告白。

對著把我的胸口當成自己的位子熟睡的另一半。
對著我完美的愛人。

——《完美啪檔・完》

高寶書版集團
gobooks.com.tw

完美啪檔 03
퍼펙트 버디

作　　者　라쉬 Lash
譯　　者　謝承穎
封面繪圖　阿蟬
編　　輯　賴芯葳
美術編輯　林鈞儀
排　　版　彭立瑋
企　　劃　李欣霓

發 行 人　朱凱蕾
出　　版　朧月書版股份有限公司
　　　　　Hazy Moon Publishing Co., Ltd.
地　　址　臺北市內湖區洲子街 88 號 3 樓
網　　址　www.gobooks.com.tw
電　　話　(02) 27992788
電　　郵　readers@gobooks.com.tw（讀者服務部）
傳　　真　出版部　(02) 27990909　行銷部 (02) 27993088
郵政劃撥　19394552
戶　　名　英屬維京群島商高寶國際有限公司臺灣分公司
發　　行　英屬維京群島商高寶國際有限公司台灣分公司 / Printed in Taiwan
　　　　　Global Group Holdings, Ltd.
法律顧問　永然聯合法律事務所
初版日期　2025 年 2 月

國家圖書館出版品預行編目 (CIP) 資料

完美啪檔 / 라쉬著 ; 謝承穎譯 . -- 初版 . -- 臺北市 : 朧月書版股份有限公司出版 : 英屬維京群島商高寶國際有限公司台灣分公司發行 , 2025.02
　面；　公分 . --

譯自 : 퍼펙트 버디

ISBN 978-626-7642-03-0 (第 3 冊 : 平裝)

862.57　　113018772

朧月書版

朧月書版

GOBOOKS
& SITAK
GROUP©

GOBOOKS
& SITAK
GROUP©